Melt with Snow

和雪一起
融化

丞墨 著

上海文艺出版社

图书在版编目（CIP）数据

和雪一起融化 / 丞墨著. — 上海：上海文艺出版社，2022
ISBN 978-7-5321-8438-5

Ⅰ.①和… Ⅱ.①丞… Ⅲ.①诗集－中国－当代 Ⅳ.① I227

中国版本图书馆 CIP 数据核字（2022）第 142232 号

责任编辑　倪　骏
特约编辑　长　岛
封面设计　马海云

和雪一起融化

丞墨　著

上海世纪出版集团　上海文艺出版社
上海市闵行区号景路 159 弄 A 座 2 楼　201101
上海文艺出版社发行中心发行
上海市闵行区号景路 159 弄 A 座 2 楼 206 室　201101　www.ewen.co
苏州市越洋印刷有限公司印刷
开本 880×1230　1/32　印张 9.25　字数 112,800
2022 年 9 月第 1 版　2022 年 9 月第 1 次印刷
ISBN 978-7-5321-8438-5 / I·6658　定价：48.00 元

告读者　如发现本书有质量问题请与印刷厂质量科联系
T：0512-68180638

目 录
contents

一字一字　敲打着灵魂⋯⋯⋯⋯⋯⋯⋯⋯ *001*

一半是烟火　一半是诗意⋯⋯⋯⋯⋯⋯ *004*

诗囚　美丽的灵魂⋯⋯⋯⋯⋯⋯⋯⋯⋯ *006*

灵感　在宇宙下的流浪⋯⋯⋯⋯⋯⋯⋯ *008*

留在城里的微笑⋯⋯⋯⋯⋯⋯⋯⋯⋯⋯ *010*

灵魂的过客⋯⋯⋯⋯⋯⋯⋯⋯⋯⋯⋯⋯ *013*

那雪轻蔑地掠过⋯⋯⋯⋯⋯⋯⋯⋯⋯⋯ *015*

无法丈量的距离⋯⋯⋯⋯⋯⋯⋯⋯⋯⋯ *017*

想飞的季节　斑斓的时光⋯⋯⋯⋯⋯⋯ *019*

夜色朦胧的光⋯⋯⋯⋯⋯⋯⋯⋯⋯⋯⋯ *021*

一个唯美的微笑⋯⋯⋯⋯⋯⋯⋯⋯⋯⋯ *023*

迎着朝阳　融化了谁的心⋯⋯⋯⋯⋯⋯ *026*

像武士一样拼搏⋯⋯⋯⋯⋯⋯⋯⋯⋯⋯ *028*

数着心情数着梦⋯⋯⋯⋯⋯⋯⋯⋯⋯⋯ *030*

把人生写成温暖的戏剧	*032*
天使推开了天窗	*034*
等下一个季节	*036*
肆虐的风　肆虐的雨	*038*
一笔一泪　一轻叹	*041*
女人的模样	*043*
恍惚之间　发成霜	*046*
过客	*049*
雪地里的白玫瑰	*051*
迎着月光的路	*054*
铿锵的使命	*056*
雕刻的伤痕	*058*
无期的幽思	*060*
寄托在曾经	*062*
风韵的笔墨　长夜里的歌	*065*
昙花的心韵	*067*
世外桃源的心	*070*
人间烟火　一缕相思	*072*
一往情深的风韵	*074*
大海茫茫　人生过客	*076*
姑苏城外的期许	*079*
花期艳梦	*082*

红尘几寸	084
人间的事　真难解	086
月色酿成的酒	089
心里的街	092
爱情的颜色	097
热一壶老酒	099
一路汗水　一路歌	101
诗人的傲骨	103
怒放的生命	105
一瞬　便是倾城	107
我在地图上　迷失了方向	109
思念　那天的你	111
今生的缘	113
红颜知己	115
懂与不懂之间	118
相思落满地	121
沙漠玫瑰的狂想	124
欲望　罂粟花	127
午夜里　酝酿了一夜的情	130
在尘埃里盛开	132
掀起高潮的夜	134
折一段思念	136

疯狂	138
再遇到谁	140
填满胸膛　尽思量	142
暮色　深秋	145
距离　无限	147
看不清的雾	149
独自相思	151
孤独玫瑰　徘徊月夜	153
特别的日子　特别的我	155
轮回的人生	157
一缕禅香　一念思绪	159
勾魂的香素馨	161
也许老了	163
家的方向	165
勤劳的影子	167
潇洒也销魂	169
慢慢地走	171
期待邂逅	173
迷眸的微笑	175
醉过自我	177
戈壁路上的嫣光	179
喜怒哀乐　人生故事	181

奈何 今生不了情	*183*
不问明天 不问你	*186*
一颦一笑 皆是今生因果	*188*
知否？可否！	*190*
倾心一刻 记得谁	*193*
细心想想 那些未了情	*196*
月夜光照的老陈酒	*198*
朝思暮虑 蝴蝶翻飞	*200*
高贵的目光 超越的眼神	*202*
揉揉我 欲望的灵魂	*205*
云中之雾 雾里之花	*208*
在时光流逝的日子里等你	*210*
智慧的眼眸 美妙的歌喉	*212*
了了心里一丝愁	*214*
谁懂这个惆怅客	*216*
做一个优雅的诗歌囚徒	*218*
沉默的花	*221*
璀璨的花	*223*
生命的赞歌	*225*
漂流 沧桑的人生	*228*
人海里再次相遇	*231*
雪落下的声音	*233*

和雪一起融化	*235*
邮寄一个思念给你	*237*
夜里偷了带香的玫瑰	*239*
天窗	*241*
雪融化了我的思念	*243*
爱情的样子	*246*
爱是沉默的	*249*
潮涨潮落的心	*252*
纯洁的灵魂	*254*
荒野里芳香迷醉了我	*256*
缄默的脚步	*260*
起舞的灵魂	*262*
人生就是天堂	*264*
森林中寻觅	*267*
时光之域	*269*
姿态妖娆的女人	*271*
献给我的兄弟姐妹	*273*
追寻生命的脚步	*276*
翻来覆去地耕耘	*278*
没有岁月可回首	*281*
说说心里话（代后记）	*284*

一字一字　敲打着灵魂

温馨　和煦的　阳光
穿透　灵魂的　空间
把眼角的皱纹　一并雕刻
岁月　那些承载的　痕迹

　　　　用尽　一切美好的词藻　把今生
　　　　美妙的　记忆
　　　　记在　今天这一页里

喝了墨水的　毒　泛滥成灾
怎样写　也写不完这人生
活着的　故事

　　　　你有你的故事　我有我的故事
　　　　各有不同的　故事
　　　　写也写不完　说也说不清楚
　　　　迷乱了　我的心

醉倒了　自己这颗　执著的心
醉在　千篇写满故事的　曲折里

　　　　　碧绿的　灯光　照出我脸上
　　　　　密密麻麻的　细纹
　　　　　细纹　肆无忌惮地　在我的心上
　　　　　雕刻着　泪痕

我喋喋不休　每天　猖狂地
敲打着　文字
怎样　把你的故事　镌刻在文字里

　　　　　漫长的路　一个人　静静地走
　　　　　自己的灵魂　变成精的神气
　　　　　浑身都是　词句

咀嚼着这些　千年留下的字
喂饱了　我这人
我是否　可以　不食烟火吗
我是否　可以　长生不老吗

　　　　　这些字　像毒　已深深渗透骨髓
　　　　　一字一字　博弈着
　　　　　是输　是赢　是为了什么　有输赢吗

无所谓　只要活着　那是多么美
千遍万遍　写着　红尘与良景
一生　离不开的　爱恨情仇

　　　　千丝万缕　缠绵　笔尖上的风采
　　　　一缕薄纱　遮住　字里行间的优雅
　　　　任凭　外边世界的　风吹雨打

人生　这驿站　披荆斩棘　雨雪风霜
染白了　青春的发髻　我还是在
一字一字　敲打

　　　　高高地盘起　苍白的发髻　低头不语
　　　　用心　用情　敲打着
　　　　一字一字　字像　满堂的　鬼影
　　　　拿着　血淋淋的　刀
　　　　架在　我的脖子上
　　　　惊醒了　这阴暗的　魂

精心　雕刻今生　灵魂深处的　魂
我的魂　我的魂　我的魂魄
一字一字　博弈着
在　路的尽头

和雪一起融化　|　003

一半是烟火　一半是诗意

轮回的四季　时光　把生活　变了又变
却怎样也变不出　梦境般　那样　有模有样
人生啊　生活啊　你啊
一半是烟火　一般是诗意

　　　　　时光在　创造一个　有趣的灵魂
　　　　　把生活的滋味　添油加醋　风里打转

雪　浪漫地　下着的时候
雨　欢快地　下着的时候
风　肆虐狂舞的　时候
生活啊　人啊　张牙舞爪
在我笔尖上　踌躇满志的　时候
树叶　遮羞似的　把一切遮挡
却　遮挡不了　现实的骨感

　　　　　生活啊　一半是烟火　一般是诗意
　　　　　一朵花香　一杯茶　一壶老酒　当然

那些悲伤　哭泣　不堪回首的　呼啸
　　　　尽情地去
　　　　再撞到　铜墙铁壁　以欢笑的声音
　　　　折回　折回来

人生啊　一半是烟火　一般是诗意
就像　我家的厨房　调味料盒装满了世界的味道
有法国的　日本的　意大利的　当然　中国的味道最多
案板上的刀　可以　一刀准确地切开　生活的　味道
书桌上　还有摇摇晃晃　我笔尖上的　味道
所有的味道　燃起　缕缕沁入心田的　香
然后　每天漫不经心地
打开　心中每一个　纠结的　结啊
打开了　一条通往人间烟火的　天堂

诗囚　美丽的灵魂

穿过　黑夜　那个十字路口
你的　影子　镌刻在夜色里

　　　　　宁静的夜　你独自　孤傲地绽放
　　　　　我　轻轻地想　抚摸一下
　　　　　这样隽美的　影子

我的意念　被你看穿
羞涩的我　无处可逃
此时　我的眼眸　装满了你
用我这炙热的　眼神
想把你　融化
融化　一地芳香
迷倒　世间痴迷的人

　　　　　我是　这黑夜里的　诗人
　　　　　把夜色　雕刻
　　　　　把梦还圆　圆了悠远的　空灵

灵魂在　夜色里逍遥
亦或是　哀伤的
抑或是　喜悦的
诗人　把夜色　渐渐地变得　孤独
可是　诗人的　孤独
却不是　寂寞的感伤

　　　　　诗人　把这夜色　圈禁
　　　　　把　魂魄　紧锁在独孤的　牢笼里
　　　　　心甘情愿地　做一个
　　　　　诗囚

美丽的灵魂　和　美丽的心灵
缠绕　诗囚的　灵感
用这　温柔时光的　笔墨
温柔夜色的　美

　　　　　诗人问
　　　　　夜色　有多少种　颜色

灵感　在宇宙下的流浪

星星闪烁的　夜
婆娑的树影　斑驳的记忆
月下　热一壶　浊酒
遥望那　千万里外的　天际
我朦胧的眼　看到了天堂
星星　那耀眼的　光
把我的　精神　装扮

　　　　一阵　清风　透过窗　拂面而来
　　　　把我　脸上的皱纹　抚平
　　　　这风啊　从哪里来
　　　　我的心啊　在四处漂泊

灵感　在天涯海角　四处流浪
风啊　你牵着　我的手
以免我　迷失方向
风啊　让我陪着你
陪着你一起　静静地　消失得无影无踪

匆匆夜色　璀璨了
　　眼里的　星辰
　　留下　从未有过的　孤独和寂寞

这淡淡的夜　这淡淡的忧伤
留下　迷离的神情
恍惚中　我的心啊
在整个宇宙下的　夜里
悠闲　悠闲

诗人问
夜色斑斓　心在哪里　流浪？

留在城里的微笑

繁花　凋零的花瓣　落下　满地的温馨
和这　久违的泥土　不知不觉地　亲吻着
当花枝　失去了　它的曾经　可以炫耀的　美
拥有的　也在　慢慢地　流逝

　　　　繁华的　复杂的　世间
　　　　多少人　想远离　喧嚣的城
　　　　也有多少人　想闯进　这座独孤的城里

深深地　呼吸　在空旷的城里
谁说　这座城　繁华　渲泄
反反复复地　折腾一番　你才会知道
这是一座　孤独的城

　　　　一个人选择了　也只好一个人　接受
　　　　一个人　作一首曲
　　　　一个人　深情地弹奏
　　　　弦外之音　那曲

时而震撼　时而激昂
时而低沉　时而悠扬
城头上　休憩的鸟　也在静静地听
这首　城里城外　独奏的　曲
我留在城里　微笑　微笑着看着故事上演

繁花落尽　成花泥　更护花的　花泥
谁知　变成什么样　花蕊和花瓣
像人性一样　反复地交流着　情感

清凉的城里　城外　空气如此的清
词好像　写尽了　曲也弹奏完毕　落下的幕
拉开了　夕阳下的帘子
回音的曲　在清风里　慢慢散去它的音
城外边　是否有人　在听呢

谁在花下　写着来日方长
就这样吧　在这个城市的　转角
不情愿地　转身
一个人　潇洒地　把红尘的故事　写出奇迹

伯乐　是否我会在　某个街角　遇到你
一种预感　仿佛人生应该　有一个转变

　　　　那是　这一生渴望的　情感
　　　　如此单纯　如此浓烈的　情感
　　　　在城里的　转角　一路遐想

我脚下的　花瓣　任凭人乱步践踏
沾湿了你　脚下　一片芳香
带着　这脚下的　芳香
一霎间　飞出城

　　　　微风　拂过我　微笑的脸
　　　　将这个　温柔的笑
　　　　留在这　城里

灵魂的过客

滑过 指尖的 字符
戴着 诗人赠予的 皇冠
把这字 装扮得 晶莹剔透

    透过 山峰与大海般的 雄伟气势
    赐予给灵魂 一个激烈的 震荡
    仿佛 火山爆发
    突然 骤起 那炙热的 温度
    灼伤了 一片天地
    那是

我借着 这威力 借着这
天 赋予我的 才气
编织 一个 幸福的 皇冠
把它 高高地戴起
让那 灵魂的过客
远远地 观望 观望 观望着

在日升之处　在日暮之处
把日子　渲染
用那　皇冠的　光
照亮　前边的路　未来的路
照亮　幸福的路

我的梦想　长出了翅膀
在过客的身边　飞翔
我忆起　你的模样
忆起　我曾经　有那么多的　梦想和欲望
飞翔吧　带着梦想　飞翔吧

只是　不要迷失方向
不要寻找　那位　身边的过客
激情已过的　年纪
朦胧的记忆　悲伤的岸
把燃尽的　情感　燃尽的激情火花
揉进过往　无法预想的　世界

于是　诗人问　灵魂的过客
你还　认识我吗

那雪轻蔑地掠过

轻飘飘　潇洒着　像樱花曼舞那样
他们　穿透了太空　穿越了戈壁
像一朵朵　柳絮那样　轻蔑地　掠过
洋洋洒洒地　落进了
我的眼
落进了山谷　落进了溪流里
翻滚　折腾　挣扎着
轻轻飘飘地　千姿百态　堆积在嶙峋怪石的　顶峰

　　　　　　　我　轻轻地触摸　你轻蔑的　花瓣
　　　　　　　尝到了　你的绝情　如此的冰冷
　　　　　　　冰冻了　我的姿势
　　　　　　　也冰冻了　三千里路　云和月

一团团　撞击着　一团团
一朵朵　锦簇着　一朵朵
谁也没有　道歉的　意愿
我也学会了　这样的　傲气

我也学会了　那样的　蔑视

　　　　　来来来
　　　　　你们的冰　就这样　冰吧
　　　　　也不需要　不需要　对我说抱歉
　　　　　看着你们　在我手里　可以冰　多久呢

来来来　来来来
我是这样热情地　洋溢着笑脸　温暖地把你们
融化在　我的手心里
看看　看看　再看看

　　　　　从左手　到　右手
　　　　　慢慢地　滑落
　　　　　你们却　欢快地舞蹈着
　　　　　让我　如何是好呢

我被你们　湿了一地的　忧伤
湿润的　过程　谁看得到呢
蔑视　还是　仰慕
高傲　还是　谦逊
全凭你　揣摩吧
我也　说不清楚
那雪　轻蔑地掠过了……

无法丈量的距离

天外的　雨　不停地
稀里哗啦地　下着
小草　迎着雨的　敲打
慢慢地　慢慢地
和雨　拉开了距离
拉开了　天地之间　万物皆是　生灵的距离

　　　　心和心　在这天地之间
　　　　无法　丈量的距离
　　　　那是　人性　和胸怀的距离

妒忌　贪婪　高傲　冷漠　骄横
这是青春　那个季节里
最为彰显　淋漓尽致的诠释

　　　　坚韧和信心　欲望和满足
　　　　在人性　表现得十足的时候
　　　　总是被现实　无情地　打击

这不堪一击　脆弱的心灵

艰苦跋涉

原来　骨子里　是这样的脆弱

坚强　和　脆弱之间

仿佛　一张薄纸

掂量着　掂量着　丈量一下

灵魂深处

任凭时光　揣摩

想飞的季节　斑斓的时光

蒲公英　和大地的　约定
随遇而安　顺其自然的　漂泊
落在哪里　哪里就是
扎根的　地方

　　　　想飞的季节　已经和大地约定
　　　　轻轻振翅　欲飞的梦想
　　　　振翼的翅膀　飞舞的羽翼
　　　　在　蓝蓝的　天空里
　　　　自由地　翱翔

时间　如此的仓促　荒芜的渡口
只能　静静地凝望　遥远的未来

　　　　那梦　那情　那飞舞的雪花
　　　　在手心里　放出　闪耀的光
　　　　挥之即去　挥不尽
　　　　一生　想飞的　梦

想飞的　季节

把心　交给了　斑斓的时光

驱散冬日　刺骨的寒冷

用我　温暖的心

把　冬季的　玫瑰　吹开

吹开它　盛开的美　开出

带刺的　玫瑰花

用我的心血　慢慢地　滋润

飘落的残雪　和　凋零的花瓣

想飞的季节　斑斓的时光

诗人　在蹉跎着　笔尖上的风华

　　　　想飞的　季节

　　　　在时间的　轮回中

　　　　插上　梦的翅膀

　　　　一个人　孤独地　飞翔

诗人问

想飞到　哪里

夜色朦胧的光

我是　一束光　一束微弱的光
夜深人静的　夜里
你点亮了　诗人的想象
点亮了　午夜里　人人相遇的　欲望

　　　　　于是　我爱上了夜
　　　　　夜　是这样　宁静
　　　　　以至于　听到我自己的　心跳声
　　　　　这　心跳啊　在加速

用这光的　速度
表示　柔媚的　悲怜
塞满了　夜空下

　　　　　如愿的　矫情　造作
　　　　　我心爱的　人啊　我的宝贝
　　　　　你把这月光　折弯了
　　　　　在你的　心头上

添一笔
浓墨重彩　锦上添花
心愿　无限地　循环扩大
窒息　窒息了　黑夜里
无眠的人

    这夜　如此的美　又如此的　静
    我不祈望　光的陪伴
    因为　你把光　折弯了　几个弯
    找不到　心愿的形象

我甘心　我甘心　情愿地
做这美丽夜色的　情人
或者　奴隶
在这夜里　就是为了　娇媚的柔情
在这夜里　就是为了　激情的欢畅
莫非　这就是你的　形象
诗人　在不远处看着
诗人问
你想做　夜色的　情人
还是想做　夜色的　奴隶

一个唯美的微笑

在　烟雨　花开的　时节
在　插上翅膀　想飞的时候
尘世　就在　浮华散尽的　日子里
蹉跎了时光

　　　　　　这光　这花　那光　那花
　　　　　　在深沉的　阳光里　骄傲地盛开

远处的　佛堂　敲起了钟
我深深地　呼吸
把这　清澈明朗的空气
尽力　吸入心胸里
用尽所有　今生的力气
想打开　天边的窗
用尽我　今生学过的　智慧
用幻想的字母　把你的名字　镌刻在天窗之上

　　　　　　容我　独自欣赏　独自沉迷

　　　　你就像　带毒的光　带毒的花
　　　　把我　毒醉
　　　　你却　带着我的心　远走高飞了

你是　什么　模样呢
你同时　带走了我的　眼睛
我看不清你的模样
我充满　希望的　灵魂啊
在接触我的　万物　之间　皆有灵气
你也　带走　我的灵魂吧

　　　　浮生　若梦的　时间
　　　　人心　隔离的　空间
　　　　我在这里
　　　　和　这光　这花　一起
　　　　把躯体　浸入　有毒的花海里
　　　　慢慢地　慢慢地
　　　　我们交心　谈心吧

用你　寂静的　影子
用你　静默的　影子
带一盏明灯　把布满繁星的夜空照亮
也照亮　我们　彼此相识的　路

我喜欢你　沉默时候的　样子
那是我　无法用　精确的语言
无法找到　精美的辞藻　来赞美你
我想　我只好用　最唯美的　方式
和你　交心
一个　唯美的微笑　足矣

迎着朝阳　融化了谁的心

登上顶峰　迎着朝阳
慢慢地　升起
那光啊　温暖地包围了　这个高度

　　　　　闭上双眼　静静地
　　　　　在时间的殿堂　之上
　　　　　纯净　高度的　顶峰之上
　　　　　穿越顶峰的　眼睛
　　　　　遥望　朝阳射出的　光芒

心　在这顶峰　融化了
化作一滴　雨露
吸吮　未来的烟云

　　　　　渺渺浩瀚　无垠的天际啊
　　　　　灵魂深处　摆渡了魂魄的　益阳
　　　　　我将用心　接受　这温暖的朝阳
　　　　　靠近　诗人的心脏　近一些　再近一些

接近诗人　灵魂的　宏丽
宽度　深度
带着　崇拜者的　笑容
悠然　在这顶峰之鼎
迎着朝阳　融化了　诗人的心

像武士一样拼搏

一缕阳光　明媚的　晨曦
朝阳　暖暖地　抚摸着我的脸庞
用我眼里　这清澈的光芒　寻找　生命的力量
深深地呼吸　吸入清晨　清澈的雨露
滋润我　疲惫的　心房

　　　　　　　冬天的树　沉默地　对我倾诉
　　　　　　　寒冷的　天
　　　　　　　我像　穿着盔甲的武士
　　　　　　　盾甲护身　挥舞长戈
　　　　　　　呐喊的勇士　马声车鸣
　　　　　　　你是　突如其来的　造访者

矛和盾　如此的锐　完美的搭配
你的嘴角　上扬　甩甩　飘逸的雪发
像　一位坚强的　战士
泼墨　挥舞着　臂膀
不停地　书写　今天华丽高雅的　文章

倾述昨天　浪漫的情怀　写着　你手里的　诗篇

　　　　　　晨曦的阳光　穿透白云
　　　　　　风干　我最后的　忧伤
　　　　　　晒一下　那忧郁的日子　和忧郁的心
　　　　　　黑色的　墨迹　慢慢地　染成安详

默默地　穿着厚厚的盔甲　像战场的武士
认真地　认真地　拼搏
写着　不同色调的　歌

数着心情数着梦

东风停　百鸟朝凤　落叶是否　归了根
白雪飘　涂抹大地　一夜白了　世界

　　　　　　你的声音　你的节奏
　　　　　　在不远的城市里　回荡
　　　　　　我　已经跟不上你的　节奏

我　在这里发呆　呆呆地望着　夜空
没有星星的　夜
数不清　理还乱　这有些烦闷的　空气
趁着月光　寻找梦里的　影子
数着心情　数着梦

　　　　　　欲求　残烛　一点光
　　　　　　彻夜未眠　人憔悴　瘦了身　瘦了神
　　　　　　寒冷　独自的夜　凉凉
　　　　　　夜深人静　谁断肠　说也说不清
　　　　　　数着心情　数着梦

放久　放旧的心情　何时晒晒太阳

翻新　翻开另一个篇章

莫负青春　当初的我

骨子里的修为　境界至此

微笑　微笑着面对　滚滚扑朔的　风尘

    翻一翻寂寞　翻一翻感觉

    笑一笑自己　我给不起　也承受不了

    这份沉重的　梦中情人

午夜里　和你的对白　和你的感觉

让我换了容颜　换了心情

那是我　无法掩埋的　喜悦

数着心情　数着梦

逃脱了现实

逃脱不了　你迷离的　眼光

让我　在你的眼里

慢慢地　老去

把人生写成温暖的戏剧

人生　像一把　尺子
丈量着　你人生的　长度
你的人生　你的生活
每一段　都是　刻骨铭心的　回忆

　　　　　经过成长　经过努力　经过绽放
　　　　　像鲜花　需要绽放的　过程　一样
　　　　　每一个时刻　都是刻骨铭心的　经历

浓郁芬芳的　季节里
越来越浓郁的　记忆中
需要铭刻　多少　人和事
把我所有的　记忆　回忆
写成短剧　写成戏剧
演示　一生　那些无可奈何的　戏

　　　　　像春天般　温暖的模样
　　　　　把戏　也拍成　温暖永恒的戏剧

剧目里　我和你　是　主角
把人生　编撰成
一束　灿烂的喜剧
完美无瑕地　写着　人生的故事

    把人生　编撰成
    一束　绽放的花
    自信　坦荡　光芒万丈　香气迷人的花
    照亮　这　红尘
    这坎坷的　路程

最终　人生的路途
无论坎坷也好　痛苦也罢
我们　不得不　坚强地
一个人　独自走完

    最终　最终我们会　明白
    人生　不过是　简单到复杂
    是前半生的　阅历
    人生　复杂到　简单
    是后半生的　修行

天使推开了天窗

这绿　这一片竹海的　绿
被雄伟的　山
被清澈的　湖
拥抱着
挺拔向上　向着阳光　伸展
仿佛　就想伸展到　天边的窗上
把　这清爽的绿
奉献给　天边的　天使
做　天使的床

　　　　　天使推开了　天窗
　　　　　热情地　接纳着　这清脆的绿
　　　　　把这　翠绿的绿啊
　　　　　铺满　天使的床

我站在　这青青子衿　悠悠
千年时光的　绿海中
仰望那　天使打开的窗

直入　云霄

仿佛我　长出了翅膀

乘着清风　徐徐升起

穿越　那片宁静清爽的　绿海

穿越　这片叠峦翠绿的　山峰

我的翅膀　坚毅不屈

越飞越远　越飞越高

　　　　　万水千山　纵横驰骋

　　　　　不停地　向前飞

　　　　　我知道　只有这样　才会

　　　　　距离天使的窗

　　　　　越来越近　越来越近

展翅高飞吧

带着你　希望的　翅膀

和　天边的　天使

牵绊到老

等下一个季节

冬　越来越　肆无忌惮地　疯狂着
冻伤了皮囊　刺痛了　模糊的眼
看不清　数不尽的　迷茫
在心底生根　继续
埋葬在　寂寞的心里

　　　　　　冬的寒　冬的冷
　　　　　　折煞了我　好像迈入了　地狱
　　　　　　在地狱里　挣扎　在地狱里　磨练
　　　　　　坚强的人　也会倒下
　　　　　　也会　像一盏　明灯
　　　　　　燃烧　最后　一丝　光

等一等　灵魂　等一等　时间　等下一个　季节
可以轮回　给你一个　忏悔的　机会
在寒风中　冰冻　慢慢地　僵化
那一切的　痛的　心扉

冷风　嗖嗖地　吹
卷缩在　无人知的　角落
泪奔　狂饮　一切无头的　思绪
和　无法燃烧的　忧
上演　这最后一场　宿醉

谁　伤了谁的心　流了谁的泪
恐惧　无奈　绝望的一个人　泪奔

等下一个　季节　春暖花开的　季节
时间带来　美丽曲折的　故事
继续　写着　不完美的　结局

肆虐的风　肆虐的雨

雨不停地　敲打着大地
风　纠缠不休地　缠着雨
吻着　雨的霸气
仿佛要毁灭　它唯我独尊的　姿态

　　　　风　强行地　强暴了雨
　　　　雨　还是任由它　不停地吹
　　　　滴落着　它的痛

它要把　这千年来的　宿愿
一次性　倾泻得　干干净净

　　　　于是雨　变得　狰狞恐怖起来
　　　　肆无忌惮　肆无忌惮地
　　　　敲打着大地
　　　　天涯咫尺的　海角

风无奈　这一吻啊

就无法　分开来
是风去　还是雨退
交织在一起　缠绵在一起
一起变得　狰狞　疯狂
面目全非
风　不认识了雨
雨不肯　看风一眼　随它飘远

    诗人啊　你感慨万千
    时光　牵着你的手　漫步在风雨中
    刺骨的　风
    吹散了　诗人的词句
    诗人　只好作罢　休憩

奇特　惊妙的　空间
占据了　神经末梢
不知痛的领悟
被雨水
拍打过的　灵魂
洗礼了　千万次
颤抖的心脏　默默地祈祷
索索发颤的　骨髓
渗透出了　新的设想

这　无异于
　　心灵　和　灵魂　猛烈地　相撞
　　促使　肆虐的风　肆虐的雨
　　在　诗人的笔尖上　炫耀

阵阵狂风骤雨　倏然间
把大地　染成了　一片汪洋
所向披靡　扫荡了　精心打造的　天地
诗人　站在风和雨　相吻的
那个点上
问风
问雨

一笔一泪　一轻叹

梅花　两三枝　枝枝花朵　盛开
繁华似锦　半生　如烟
缭绕了　红尘　几许

　　　　往事　知多少
　　　　笑迎　春色
　　　　繁事新了　又添新
　　　　独揽　我的江湖　我的笔墨
　　　　惊艳着
　　　　笔墨江山　一笔一泪　一轻叹

心绪辗转　梦境中　打开光的门
这笔墨啊　这精神啊　悠悠也幽幽中
谁　拨乱了　我的心弦

　　　　一笔一笔　轻轻叹　一笔一泪　一轻叹
　　　　一笔一笔　慢慢谈　一笔一泪　一轻叹
　　　　叹　地久会天长吗

谈　天长地久吗
　　　　细说　一生华丽的　姿态吧

心悠悠　情幽幽　爱悠悠
悠悠　笔墨人生　别了　我的青春
天涯向远　此程可换谁
一朝　相伴
心境向远　此程可等谁
一朝相依　和谁相伴呢
一笔一笔　轻轻叹
一笔一泪　一轻叹

女人的模样

白发　三千丈　缘愁　似个长
一袭白衣　衬托着　白发苍苍
佯装　装模作样　我的模样
有些　诡异
揣摩　这个样　今生　是什么角色
一生　载不动　许多　思量

　　　　　本是　后山人
　　　　　偶做　前堂客
　　　　　今生　恰是有你　添颜色
　　　　　一生　演绎着　几个角色

左看看　右瞧瞧
前前　后后　空无一人
良辰美景　奈何天
不可　太　突兀
富贵　也别　骄横

精神　独立
　　经济　独立
　　哪个女人　不想骄傲地　说
　　我就是　这样的　独立
　　时刻记得　要给自己　和他人
　　幸福的　能力
　　是这个　模样

女人　应是　暗香　疏影
留下一片　幸福的天地　给自己

　　　承蒙岁月　这些无情的　嘲笑
　　　笑我　白发苍苍
　　　双手　爬满了　皱纹

承蒙红尘　赐我　一路荆棘
我还是感恩　时光　奉给我的　厚爱
让我坚强地　颠沛　流离

　　　无论　怎样的折磨　苦痛
　　　还是这样　热爱着　生活
　　　坚强地　匍匐前行

往后余生

你终将　百毒不侵

活得认真　笑得放肆

恍惚之间　发成霜

人间烟火　人间　在何处　留下一片深情
北风呼啸　吹散了　诗篇里　最美的词藻

　　　　　凌乱无序　来时空空
　　　　　誓言　已消失得　无影无踪
　　　　　棱角磨平　缘分　这东西
　　　　　来得快　走得急

夜色吹散　朦胧的雾　洒满　一地
夜色的　诱惑
让这诱惑　自生自灭了

　　　　　清尘　禅寂　圆了　心境
　　　　　辞曲　繁衍　诗笺
　　　　　忧伤了　诗人的　心境

这一段　人间烟火
断了情　残了意

一切　如此的　不如意

   恍惚之间　白发成霜
   一寸　光阴　荏苒
   一寸　相思　泪已干

一念佛祖　在心中　默念
阿弥陀佛　保佑着　良善的人

   这一生啊　这一世啊
   这艰辛的血液　流淌进　骨髓里
   这半生的世间　浓浓的　血液
   入了心　燃烧了　青春
   燃烧了　欲望

终点　灰烬
魂魄寄寓　天堂
等待　天堂开满　我种的鲜花
用我　浓浓的血液　浇灌它们
伴着我　执著的　执著的情怀
拿起红烛　赏夜色　宁静

   花开始　凋谢的　季节
   月色　没有勾魂的　眼

桌上的笔墨　未干　写不完的词句
那个　懂的人　在哪里
只等　你来欣赏
华丽的　辞藻
装满你的　心田

手指　僵硬了
寒冷的夜　真心的　冷
磨出了　多少心血
洒在　今天的　日子里
只想　只想　温暖一下
我的心
让它　能够平安地　跳动

过客

南行　北往　擦肩而过
无意　回眸　抹不去的　微笑

　　　　风轻轻　云淡淡　吹乱了　苍苍白发
　　　　凌乱了　相思的　意
　　　　抹不掉　你的影子　你的眉

拾起每一个　记忆
拼凑　整理　泛黄的　日记
匆匆的脚步　踏碎了　带刺的　玫瑰花
落满　一地的香

　　　　你是　春天的过客
　　　　姹紫嫣红的　滤过
　　　　一抹惊鸿　霎间　凋谢
　　　　凌乱了　思绪　我的踌躇
　　　　你就是　过客

凡间　宿命　生活的　时间里
总有　一个人
原本　只是　生命的过客
却　变成了　记忆的常客

　　　　　总有一份情
　　　　　惊艳了　我的　时光
　　　　　却温柔不了　我的岁月
　　　　　它是那生命的　过客

雪地里的白玫瑰

风有些凉　月色朦胧
仿佛早霜　铺满了心底　有些冷
无处遁形于　江湖　冷暖　自知
景　开始泛白　初冬的　寒

　　　　　采一片　雪白的　纯洁的　玫瑰花
　　　　　做成花环　戴在自己的头上
　　　　　像皇冠一样　耀眼
　　　　　它在我的　头顶　闪光

如此的光啊　晶莹剔透
透过　纯洁的　心灵
编织　赏悦　这冬季的　唯美
雪地里　还在盛开的　白玫瑰　为谁奉献
奉献　这冬天里　特别的景

　　　　　雪地里的　白玫瑰　如此的坚强
　　　　　盛开着　它独特的　芬芳

　　　　　它是那样的　耀眼
　　　　　以至于我　不得不　闭上双眼
　　　　　在脑海里　欣赏　它的美

天寒地冻的时候　谁不是　顾着自己
期待一些　温暖　温暖疲惫的　灵魂
累了也好　还是　微笑面对
哭了也罢　还是　微笑接受

　　　　　面对一切　娇艳的　笑靥
　　　　　念着红尘　念着命运
　　　　　我是这　雪地里　坚强的白玫瑰

一个人　默默地　陶醉
醉了　这纯洁的　灵魂
在寒风刺骨里　承受　不一样的醉
我是　这雪地里　无人欣赏的白玫瑰
独自开　独自落　独自美　独自凋零

　　　　　顺天意　归路　有光
　　　　　红尘无奈　一路望去

命运浅深　滋润愁肠
残花凋零　莫留　几多情

天地之间　遥不可及啊
和你　在冬天里　相约
宁静　祥和
欣赏　雪地里　盛开的白玫瑰

迎着月光的路

如果　如果　命中注定的　相遇
相遇　需要几辈子的缘分　才能　相依相守

　　　　　轻轻　迎着月光　星星点亮了　心田
　　　　　芬芳馥郁的　夜色　伴着禅香
　　　　　听歌　低吟　我的笔墨　痴痴地醉了
　　　　　夜色

明亮的眼　眺望　天涯海角的　失去颜色的　诺言
谁会知晓　谁的信念　谁的诺言
会　永恒
坚守　一生无法实现的　愿望

　　　　　想一想　数一数　时光荏苒
　　　　　岁月在眼角　留下　沧桑
　　　　　岁月依旧　在日记里　泛黄
　　　　　我的白发　依旧
　　　　　如此白　似雪

寂寞　冷暖　独自地　行走
走过了　半个世界的　路途
依旧　一个人　艰苦地走

　　　　　坚强的人　用不老的　神话
　　　　　倾诉　昼夜奔波的　夜曲

依旧　风韵　优雅的姿态
独自　承受　埋葬心里的　火
漆黑的夜　谁来温暖　谁
这一生　属于你的　命运
和谁　来　相约

　　　　　心中的　欲望
　　　　　被无情的　岁月　燃尽
　　　　　晃晃悠悠　神情恍惚　这红尘
　　　　　该走的　已走
　　　　　只留下　孤独的　人

犹豫过　痛苦过
折磨不堪地　心碎过
路　还是要继续走

铿锵的使命

一步一个脚印　印在　哪里
一峰一景镌刻　刻在　眼里
路途　遥不可及
花开　又有花落
不会　寂寞的季节

　　　　白色的云　蓝色的天
　　　　透着　淡淡的光
　　　　崎岖坎坷的路
　　　　每一个人　行走的路　坎坷不同
　　　　铿锵的　使命　努力前行

天　还是那片天
坎坷的路　已经踏过了　无数回
淋着风雨　转角　一个人
努力地　成长
尝尽　所有的　酸甜苦辣
生活　却从来　未被辜负

　　　　狂风暴雨　从未打倒我的　意志
　　　　消沉过　忧郁过
　　　　死神的　边缘　也走过
　　　　擦肩而过了　多么地　幸运
　　　　沾沾自喜　还活着

何德　何能　慢慢体会　人间的　冷暖
默默地　自娱　自语　和花　说说悄悄话
只剩下　只有　默默写着
你我　一切　安好

　　　　　　天边的云　天边的彩霞　一起共舞
　　　　　　让我用　一生的　诗词歌赋
　　　　　　做成　我的　嫁衣
　　　　　　没有聘礼　没有奏乐
　　　　　　一生铸就　铿锵的　使命

一生平安　祈福
让我用　一生的
精神使命　嫁给你　时间　我的情人
我们　以天当被褥　以地为床铺
伴着甜蜜的　夜色
一起　缠绵终生

雕刻的伤痕

日子　在笔尖上　慢慢地滑过
感受回顾　昨天的温度
牵过的手　经历的事
谈过心的　人
今天　你是否　安好

　　　　　秋风渐凉　落叶如雪
　　　　　江南的烟雨　比较凉
　　　　　泛泛　想起
　　　　　朦朦胧胧　受过的伤
　　　　　伤痕　像雕刻的　龙　张牙舞爪

牵过的手　已经没有了　温度
也许　这是前世欠下的　因果
也许　今世　我需要　和你走一回
风雨兼程　漂泊的　日子
然后　再结束　这段缘

那些情感　那些惆怅　点点滴滴
刻在心底　刻在记忆里
一笔笔　一道道
雕刻在　今天的　日记里

  慢慢地回忆　回忆里　全是你
  回忆　我们温馨的缠绵　温柔的时刻
  回忆　我们拥抱在一起　风雨兼程的
   路上
  山盟海誓的　承诺　如此刻骨铭心

在心底里　刻画着
心血还在　滚滚地流淌
距离拉长了　我们的岁月
相思的泪　伴着江南的　烟雨
流进这　江南的小溪里
流进了　我的心血里

  忍不住　忍不住
  走进江南的　烟雨朦胧的　街
  在　烟雨的　江南　选择驻足
  日子　慢慢地过　总会有一天
  美好的时光　美好的希望
  开出　幸福的花朵

无期的幽思

妖娆的姿态　捉摸不透的幽思
一缕缕　清风　拂散了白云
长发　飘逸的　影子　在夜里

　　　　　　昨夜的醉　昨夜的情　昨夜的相思
　　　　　　在心头　怡然心动

花花世界　何必　如此执著
点燃冬天的　火
你的期待　伴着脆弱的　眼神
相思　慢慢　变薄

　　　　　　飒飒秋风　萧瑟　捻一缕香
　　　　　　来日是否　方长
　　　　　　谁能　告诉我

重叠三千烦恼　三千里路
云　还是原来的模样

月　还是那么清明
人　　却找不回　原来的模样

　　　　人间沧海　朝朝暮暮
　　　　哪个日子　不是
　　　　等待佳期　等一世
　　　　是否　会等一生一世　一个美好的愿望

静一静　思一思　沉沦的旧事
已婆娑　已残粹
梦　为远方的友人
换一盏　明灯
美丽的　光环
照着　欣慰的样子

　　　　麝熏　微微　绣春色　似芙蓉
　　　　天涯海角的　你啊
　　　　相逢的路　几万重
　　　　在此　等候
　　　　那遥遥　无期的
　　　　幽思

寄托在曾经

半得　半失　之间
半世浮沉于　欲望的　火焰
半醒　半醉　之间
沉迷往事　纠结中　醉了红尘

　　　　弹一曲　悠扬婉转的　歌
　　　　写一生　华丽浪漫的　情怀
　　　　静默中　赋予你　千里之外的　佳话
　　　　沉默中　伴你一生
　　　　生死相约的　誓约

经卷　禅意
莲花　开了
佛堂　鸣钟　准时敲响　一年的光阴
一缕缕清香　拜祭
寄托了　多少人的　希望
多少人的　心愿

    沾染的佛卷　经典　衬了一寸光阴
    金色绝美的　莲花
    各具各的　特色　不同的格调
    各具各的　雅致　不同的气质
    各自带着　各自花香
    飘忽不定　如过往云烟

漂浮在　梦的路上　那些　曾经
过往的　风霜里　记忆　与怀念　一地冰霜
和你　一个转身的　距离
变成了　曾经
我只好　只好把曾经　寄托

    此生　此人　多么难得相遇
    用尽多少光阴　用尽多少青春
    在哪里　在何方
    荏苒　我们的　年华
    曾经　能够有多少的　曾经

你的　红尘
我的　红尘
不长　不短
各自履行着　各自的使命

　　　　你的一程　我的一程
　　　　不长　不短　这一程

今生　至此
你遗失了什么
我遗失了什么
那又如何　寻找　寻找
我们一起　寄托的　曾经

风韵的笔墨　长夜里的歌

风渐渐地　凉　夜一样的　静
在风花雪月的　年华　叙说着
每一段平凡的　不平凡的　小小故事

　　　　　有你　有我　有着各自
　　　　　奇妙的　故事

尘世间
喧嚣　繁华和虚幻的　影
愿望　在天涯　开出了　莲花朵朵
如此的洁白　如此的　美

　　　　　天边的云　柳树的枝
　　　　　潺潺　汩汩　小溪水
　　　　　波麟　荡漾在　黑天鹅飞舞的日子里

和煦阳光下　伴着你的　眼
日子　风韵了笔墨

情调　燃烧了时光

半世的　轮回

洒了一地　我的温柔　我的情怀

　　　　　诗词歌赋的　女子

　　　　　书简伴着笔墨　在长夜里

　　　　　凉风　拥抱着　身躯

　　　　　写醉了　我自己

星辰　夜幕　星星作伴

转世的传说　一个不朽的　笔墨

修为　境界　诗人　不一样的　模样

　　　　　净心　用一颗　纯心

　　　　　敲打着　字句

　　　　　风韵的　笔墨

　　　　　长夜里的　歌

　　　　　如此　未知的

　　　　　心惊　肉跳

昙花的心韵

小小的世界　小小的心愿
在小小的祈愿里　祈福

　　　　　江湖　世间　各自不同
　　　　　谈论　不同的　话题
　　　　　听听　滤过　滤过

静静地　书写　诗笺卷卷
描绘　人间　喜怒哀乐
在奢华的　辞藻里
畅游
一袭　飘逸轻柔的　白衣
裹着独自的　灵魂

　　　　　笔墨　伴着夜下　不远的　灯
　　　　　写着　写着　继续写着

谁家的窗　透着午夜的　魅

谁家的人　又会渡谁　找一户好人家　相亲相爱
走到了　哪个　梦乡里

　　　　　　归隐　田园　身心　修炼
　　　　　　被　秋风吹乱　一身飘逸的羽衣
　　　　　　穿透了　灵魂深处　我的故事

昙花的叶　只有它　漫不经心地摇曳
摇曳在　角落的　余晖里
它是　夜里的明珠　闪耀着
深夜里　昙花一现　只等韦陀
等了千年　还是　万年
等到了　互不相识

　　　　　　世间的美景　在我的眼里
　　　　　　开出一片　天堂
　　　　　　那是花的　海洋
　　　　　　浪漫的　花海天堂

一呼一吸　之间
等待　花香　染满我的心田
一惜一朝　之间
如何参悟　昨天　夜的美景

今天的　诗情画意
　　　今天的我　今天的你

斟酌着　人生
该如何　慢慢地　老去
你的世间　今天又如何

世外桃源的心

世外桃源　鱼肥　在池
桂花飘香　香过　千里之外
种花　养鱼　还有
诗词歌赋　琴棋书画　诗酒花香

　　　　今世　来世　奕样的　模样
　　　　天上人间　天涯海角　我还是
　　　　如此　不变的模样

小心翼翼　呵护着
时间不紧不慢地　脸上爬满了岁月的皱纹
想着　我　老去的模样
是什么模样

　　　　穿过　我的眼　你的神
　　　　眉间　锁着　一丝愁

弹一弹　过去的尘埃

在尘埃里　独立　在尘埃里　绽放
也有　世外桃源的　美

　　　　　静在这里　恍如隔世
　　　　　不懂　外边的　花花　世界

桂花落尽　芳香　十里八乡
这香　这花　这飘香的花
陶醉我　似莲花的　心

　　　　　时光荏苒　写一个故事　为今天留下
　　　　　留下　深情的种子
　　　　　留下　一点寂寞的回忆

穿过　遗忘的　角落
虞山　陌然的　风
现在　此刻
等一回　相思的煎熬
墨了　书简
墨了　屏墙外的　花
如此　这般
那是　因为　什么

人间烟火　一缕相思

平凡的日子　在勤劳中　渡着
渡着　渡着
一半是　平凡的　宿命
一半品着　生活的滋味

　　　　　独舟　前行　渡过多少个　渡口
　　　　　一念之情　情深　在此
　　　　　书书写写　描绘着　美好的时光
　　　　　独自　徘徊　独自　欣赏
　　　　　独自　品着　字的芳香

秋季　这清高的　秋
不温不火　菊花　遍地
遍地皆是　清雅的菊　姹紫嫣红中
带着　今天的　记忆
写着　今天的　故事

　　　　　我的字迹　我的笔墨　写不尽

　　　　秋天的　落叶　落花　散满地
　　　　南去的　北往的　叶
　　　　恍如梦境　恍如　踏着一片
　　　　金黄金黄的　菊花　铺满地

此时　前方的路　有些远
希望　在不远处　召唤着　我
此时　江湖的故事　每天上演
每天的　剧目　无需编写
又怎能　写得清楚　人间复杂的　故事

　　　　红尘嚣嚣　各自的体会
　　　　人间烟火　处处燃烧
　　　　燃　不尽　每一个
　　　　刻骨铭心的　故事

远方的灯火　远方的希望
渗透着　时光的　原点
然后　然后
在每一个　生活的背后
默默地　耕耘　播种
各自　想要的　人间烟火

一往情深的风韵

浮云遮不住　一往情深的　风韵
在风雨里　洗礼　在岁月里　历练
饱经沧桑　风霜染成了　河

　　　　声声黏起　黄昏后　夕阳的景
　　　　天渐凉　风渐凉
　　　　风的韵　如此这般　染成一片金黄

煮一壶　老酒　对曰
天涯　海角的　你
你可　安好　你可　顺意
为赋　新词　强说愁
却道　天凉好个秋

　　　　踏过的路　千山和万水
　　　　万壑纵横的　江
　　　　流淌着　沉默的絮语

这　飒爽的　秋天
沉睡的山　诱惑的大自然
醉了　醉了　我朦胧的双眼
只顾　风雨兼程地　往前飞

　　　　　忆不起　记不起
　　　　　以往和曾经　那失去的　记忆
　　　　　失去的记忆　飞去了哪里呢

依恋　遐想
和你　相恋相依的　日子
最终　最后
留一点　惬意的滋味
各自启程　各自前行
依旧　一往情深地　怀念
一往情深地　思念
思念你
我是　如此的一往情深

大海茫茫　人生过客

还没来得及　跟上你的步伐
已经　话说离别　匆匆忙忙的　过客
还没来得及　熟悉你这　人
已经　只剩下回忆
匆匆瞬间　变成了　曾经

　　　　相遇　能否相知
　　　　人群里　你的独特
　　　　占据了　别人的　角色
　　　　你像一束光　穿越了　红尘
　　　　不敢靠近　寂寞着我的　寂寞

在　大千世界里
活在　唐宋　明清的　诗词里
捻一缕花香　把我的心　沁在花蕊里
等伯乐　来欣赏
大海茫茫的　过客　你在哪里　等不来你
我只好　把岁月搁浅

惆怅　也就落不进　心　这小小的　天地里

　　　　　随风而去　随风飘去
　　　该去　哪里呢

白发飘逸　纯洁的风采
依旧　孤守　笔墨纸砚　之间　轮回
写着　红尘　醉了后的　潇洒
写着　不为人知的　故事
可是　你是否经历过的　故事

　　　那一年　那一天
　　　背影　已模糊了　我的双眼
　　　转身的　瞬间
　　　风依旧　轻轻　雨依旧　淅沥沥地
　　　下着

你走　你的路
我的路　湿了一地的　忧伤
一辈子的路　一生的路　不短不长
你只是大海茫茫　人生过客

　　　谁知　谁懂　哪一条路　属于你
　　　期许　愿为

燃烧着　诗人　沸腾的血液
　　何时了了　今生的梦

繁华似锦的人生　在尘埃里
开出　美丽的花
时光的尽头　你已经　落幕

　　你是大海茫茫　人生的过客
　　我在回忆　回忆相遇的　瞬间
　　那是　一个期待的　你
　　那是　那只是
　　我在人群中
　　多看了　一眼的你

姑苏城外的期许

黄昏　金色的余晖
注满　城头的　墙
浅秋　凉风习习　飘舞的树叶
像雪花一样
翩翩起舞　飘落何方　谁知

　　　　　姑苏城外
　　　　　千年的　故事　数不清
　　　　　姑苏城外　历史　叙述
　　　　　唐伯虎点了　秋香
　　　　　唐伯虎的　风流倜傥
　　　　　秋香的　妩媚贤惠　曾经的故事

此时　清凉　梳妆打扮　精致的小娘鱼
又是何等的　妖娆　风韵
眉心洋溢　忘记了年龄

　　　　　时光留不住　岁月也无情

　　　　　留不住啊
　　　　　年华　青春怎能　永驻

回不去的　灵魂
谁会在意你的　眼神
躲在角落　墨守
秋天里　姑苏城外　城里还是城外　一个样

　　　　　潇洒也浪漫　在心里　幽住
　　　　　秋光何处　相逢何时
　　　　　你的容颜　不老　心未老
　　　　　昨夜的魂梦　消失得　无踪影

等下一个　花期
还是在　等一个人
倾尽所有的轮回　不惜青春　只为卿

　　　　　只想　今朝醉了　明朝再醉
　　　　　秋光秋色　秋波媚　魅惑谁

风吹过　金黄的菊花
灿烂着　他的美
想起　那年的期许
相逢　那个黄昏后

旧日　喜悦的心情　在梦中勾魂
莫对　朝夕　不相处　怎相伴
素衣　孤清　望着黄昏
斜阳　洒满地
回首　烟雾　熠熠
惊艳了芳华　沧桑了岁月

皱纹爬上你的脸　诉说着　青春已过
才知晓
人生的故事　有多少　期许
希望　还在天边　挂着　彩旗　呐喊
姑苏城外　城里　城外
何时不是　一地繁华　一地霜

花期艳梦

这个花期　儒雅　也　倜傥
风流潇洒地　渲染着　时间　慢慢地流淌
每一个　朝阳升起
我是这样的　生趣　默然　抹一点花的香
我深情的眸　穿梭在　花间红尘
串起　过往和曾经

　　　　　折一朵　春天的花　送给你
　　　　　我的情郎　你的新娘
　　　　　喜悦在　今天　这温和的春色里
　　　　　我在　花香的　海洋里
　　　　　尽情地　畅游

有些花　不经一番　冰寒彻骨的　寒
怎得香　那是　傲立寒雪的　梅花　香得妖娆
来温暖　清凉的　时光

　　　　　岁月的枝头　插满了　我亲手栽种的

花朵
　　只想　今生的日子　四季　繁花锦簇
　　转眼　已到秋

我花开后　百花杀
何等的傲骨　何等的逍遥
可是　生命啊　有期
前尘　和谁　道别离
后世　和谁　话今宵
良辰美景　奈何天
花有花期　渴望　已经没有了　归期

　　奈何　又如何
　　人生　这一路　追捉你　梦的影子
　　如此的　英姿　风流　倜傥
　　此时　穿过我的白发　你的　手
　　一段　艳梦　红尘里　和你　相约
　　我和你　今生有多少　梦
　　一起　共婵娟

红尘几寸

人生岁月　匆匆
变的　没变的　有多少
太阳　月亮　蓝蓝的天空　如是
时光　瞬间　青春的面目　已全非
过往的岁月　流逝的　青春
起点和终点　有多远

　　　　浮生　时而如梦的境界
　　　　千万首　诗歌　陪伴着　我的人生
　　　　青春年华　那些时候　流浪在　无人的
　　　　街头
　　　　着了魔地　每天　每天　涂抹了　岁月和
　　　　红尘
　　　　我的红尘　不过　几寸

青春的舟　载着满满的　些许思虑
许多思绪　在心头
萦绕　缠绵　我的梦里

江南　此时　蟹肥

牡丹妖娆　荷花　出淤泥而不染

还有　江南的　小桥流水

清澈的　湖水　伴着清风　摇

静默　默默地　欣赏着　景

不远处　金黄色的　那是

落下的　迎春花　花瓣　铺满了　来时的路

　　　　　想起　遥望　远方的良人

　　　　　旧年　书写的　故事里　有你

　　　　　茉莉花　香韵的　时节

　　　　　留下　多少　美好的　回忆

一路一颠簸　咫尺有天涯

遥不可及　红尘嚣嚣

错过了谁

今生红尘　几寸　寸尺之间　几寸

我们　天各一边

　　　　　湖边　煮一壶芳茗　邀几位　友人

　　　　　品　江南　碧螺春的　天

　　　　　慢弹　时光

　　　　　你　不来　在这　几寸光阴里

　　　　　我　怎敢老去

人间的事　真难解

世间红尘　皆有　因果
有因　才有果
种下善良　结出善良的果
那　我就用　一颗善心　别无杂念　念出善果
洁如　昙花　那一刻　只为了等着　看因果

　　　　　　小楼清雅　鲜花相伴　勤劳的我
　　　　　　足不出户　隔墙是路　路不远
　　　　　　只怕这路上　害怕　遇见
　　　　　　无情的　人
　　　　　　心情恍惚　也害怕　丢了魂

春去秋来　花依旧　人依然
自弄情调　一壶热酒　自斟自饮
举杯　望月　等昙花　绽放的瞬间
等不急　我先醉
年华已过　青春那　自信的容颜　休了色

　　　　　　　　红尘世间的故事　离别惆怅　太多
　　　　　　　　我的笔墨　还不浓　不够炉火纯青
　　　　　　　　我的词里行间　我的　书卷里
　　　　　　　　有几句　终将会　触摸你的　心弦
　　　　　　　　触痛你　无法言喻的　痛

太多　太多的　煎熬的日子
你是否　你是否
会欣赏　会揣摩　哪一句
相信　总有一句
是你　人生的写照

　　　　　　　　春心泛滥　开出了　香气扑鼻的　花朵
　　　　　　　　玉莲蓬勃　一寸相思　一寸光
　　　　　　　　抹着红唇　画着柳叶眉　微笑的靥
　　　　　　　　难得门外走一走　异样的眼光　看着我
　　　　　　　　可是　一样的阳光　呵护着我

看得出神　我还是　素雅的我
此时　现在　依旧　白发苍苍
我这个年纪　有几人　这个模样呢
我认为　我自己　就是
小丑　小丑　就是我
丑吧　丑吧　习惯听到的　声音

和雪一起融化

　　　　　外边的世界　不属于我
　　　　　悲哀　莫过于　平凡不同的我
　　　　　我的世界里　一片安详

癫狂柳絮　随风去
轻薄桃花　逐水流
各不同　人抑有　繁花似锦路
亦有　苦涩　艰难跋涉的路
这世间啊　世间的事　真难解

　　　　　时而　恨花　花开　花不开
　　　　　这世间啊　世间的事　真难解
　　　　　时而　恨树　结果　果不结
　　　　　哪知　绿暗花明　又是一个　春

谁知　人生情无解　易解　还是　难解
人间的事啊　哪能解得　如此的开

月色酿成的酒

揽一夜　月光温柔　在梦乡
潇潇吟思　揣摩　挥笔　泼墨
篆字檀香　透过夜悦的色　缭绕

　　　　梦境　纯瑟　曲调悠长
　　　　委婉悠然　酿成的夜

煮一炉相思　敬夜色　清宁
在时光里　慢慢　清凉

　　　　独酒　孤影
　　　　奈何　桥头　也自然　转世的　回眸
　　　　夜太长　纠缠着　心底的念
　　　　念　一地落花　铺满了　淡淡的月下
　　　　舍不得　怎能放得下
　　　　无奈　只能　吟思
　　　　轻叹　酌饮　抚平　清凉的夜

一缕　暗香

触摸了　星空　月色　失了魂

再多的　坚强　也抵不过

眼里看到的　诱惑的　世界

忍不住的　泪

往事无记　无忆　依然空许

一个人　品着　月下的滋味

有滋有味　月色　酿成的酒

风吹动了　谁的长夜

谁的惆怅　和　寂寞

小酌怡情　我还是　醉了

午夜阑珊　酒色　燃梦里的　美妙

蓦然的心事　触动了我　此时的心田

窗外　依然飘着　冷漠的雪

夜漫长　寒风吹

举杯　浓情容易殇　一盏的　味

梅花依旧　吐着花蕾

慵懒地　依偎着　纯色的　霜

梦太长　解不开

辗转　叹　思量　迷乱了　谁的魂
剪也剪不断　越理　越慌乱
问一声星空　今夜　独饮了多少
暖魅的　酒

心里的街

晶莹剔透的　灵魂
默默地　守候着红尘　潇潇残梦
触摸　翻阅　熟悉的　生活的一页

　　　　　忘记　既熟悉　又陌生
　　　　　陌生了　你的　模样
　　　　　忘记　残酷的　冰冷的　情
　　　　　情何在　在人间　哪里
　　　　　人间的　真情冷暖　你我自知

雪　认真地飘着　尽情地　舞着
这个冬天　依旧冷

　　　　　笔墨相间　继续　书写
　　　　　叹息　冬季的雪　这短暂的灵魂
　　　　　漂泊　在天涯海角　无忧无虑的流浪

叹息　心灵的世界　如此的　小

如此狭小　装不下　我今生的遐想
无人知晓　内心的　世界

　　　　　不是　我的温暖　遥不可及
　　　　　只是　欣赏我的人　不知在何方

无奈　无奈　辗转迷离　我的命脉
无处寻觅　无处安放
月色　也一样　阴晴圆缺

　　　　　时而有情　时而无意
　　　　　把我这个喜欢寂寞的人
　　　　　逐放在这　荒无人烟的　岛里
　　　　　晒晒　晒晒　晒得体无完肤

叹息　叹息　遥不可及
叹息人生　有多少　相聚　分离
谁懂谁的　心意
如果我还有记忆　多想看看　当初
我的青春里　是　何光景

　　　　　想虚度一下时光　和谁
　　　　　共赏　日月星辰
　　　　　各自的路　各自行走

　　　　　不同的足迹　不同的人　在寻梦中
　　　　漫步

叹息　叹息　遥不可及
唐诗　宋词　元曲　各有各的曲调
而我　执念的性格　婆娑起舞的样子
长吟　轻叹　这无人　冷清的街

　　　　叹息　叹息　遥不可及
　　　　叹息人生　有多少思量
　　　　偌大的世界　装在眼里
　　　　看不清　前边的路　我是否　前途无路
　　　　却走不出　自己心里　这条单纯的街

叹息　叹息　遥不可及
纠结　无奈　忍受　承受　各种路的滋味
哪一天　不是
上演着人生的　闹剧和戏剧

　　　　叹息　叹息　遥不可及
　　　　叹息人生　有多少　相思相忆
　　　　深情厚谊的　岁月里
　　　　伴着美好的希望　长相思　长相忆
　　　　深刻地　体会

　　　　在心底的　各种　滋味
　　　　无法　抹去　也无法　抚平的是
　　　　人间　烟火味

叹息　叹息　遥不可及
叹息人生　有多少　希望和梦想
化作初雪　淹没在　大千世界的　人海里
我只好　依偎在　这条　无人的街道
寻找着　不同的　方向

　　　　枯萎的情　在冬季里开花　结果
　　　　涩涩的感觉　酸苦的　滋味
　　　　行走的　路途
　　　　哪人不是　有些疲惫　有些累

叹息　叹息　遥不可及
用多少　血和汗　行走在　希望的街
用多少　真情和真意　真爱和努力
才能够　任凭　展翅高飞

　　　　何时　何处　相遇　知己和伯乐　在
　　　　　何方
　　　　今生啊　只有在雪中慢慢寻找　编织
　　　　　冬季的　梦

和雪一起融化　｜　095

写着　生活里　潇洒自如的　人间故事
无论　薄情的世界　怎样变迁
喜欢　寂寞的人　迎接美好的　明天

爱情的颜色

烟雾缭绕的　世界
弥漫着　浓郁成熟的　味道
夹杂着　淡淡忧伤的　滋味
融化在一起　融化在　天际
消失在　童话般的世界里

　　　　　想象不到　人生　千载难逢的机遇
　　　　　高低音韵　委婉的　情调
　　　　　你　煽情　冬天的火
　　　　　把爱情的火　添加了　颜色
　　　　　温暖给我　给我一个　惊喜的拥抱
　　　　　然后转身　消失得　无影无踪
　　　　　我只好　抱着希望　睡觉

熏香　残烛　点着今生的希望
你像一只　西伯利亚的　小猫
优雅　从容地踱着　曼妙的　步
踱来　踱去　踱来　踱去

躲不过　你的眼神　躲不过你的　温柔

　　　　　　大千世界　芸芸众生　种下一颗　果
　　　　　　任它　埋葬在　角落
　　　　　　任它　自由　潇洒地　成长
　　　　　　坚定的心　被　迷迭香迷了　精神
　　　　　　幻觉的　世界里　逃避

黑色的幽默　写在
脸上的　诡秘
衬托着　时间漫漫的　沧桑

　　　　　　淡淡的　鄙视　淡淡的　微笑
　　　　　　踏着坎坷　崎岖的　路
　　　　　　踏着厚厚的雪　走过了　又一年

微笑伴着旋律　和谐地　融化了昨日
昨日　没你
今日　没你
明天依旧　没有你

　　　　　　曲终人散　散尽了　我　如此的　诚意
　　　　　　走着　走着　走着才明白
　　　　　　我的　爱情　是这样的　颜色

热一壶老酒

默默地　奉献　奉献了　多少心血
未曾想过　这命里的故事　怎样书写
写着　什么样的　光景

　　　　　微笑的脸　和　忧伤的心
　　　　　慢慢地　悠长了　时光
　　　　　掩盖了多少人　背后的伤　默默地　祈念

寻找一段　褪色的　回忆
和那　辗转迷离的　夜色

　　　　　一壶老酒　热了　又热
　　　　　一醉方休　那是　一个人的世界
　　　　　人生　有多少相聚　就有多少　分离
　　　　　红尘里啊　有多少　相思相忆
　　　　　一次次　一回回地　沉思

往昔　曾经的笑靥　如此的　靓

如今　今朝只有微笑面对　才有　海阔天空
广阔的天地　白云沧海　几许　凉凉的叹息
无奈　无奈　所有的心意
似片片落叶　染红了　深秋
热一壶　老酒　在深秋里
一个人　温暖了身

　　　　　　路　慢慢地走　走着你的　风采
　　　　　　酒　慢慢地喝　喝着　你的心情
　　　　　　热一壶老酒　暖暖　身

前方那遥望　不可及的　心意
只有今天　历练着　使命
一个人　坚强地　行走
热一壶老酒　温暖自己的心

　　　　　　深秋的　夕阳下
　　　　　　暮色的　晚霞
　　　　　　我热　一壶老酒　一壶精酿的老酒
　　　　　　温暖　覆水难收的心

一路汗水　一路歌

闭目沉思　眺望　远处的山
沉睡着　百年的　孤寂
青樱粉黛的　姿势　穿透时空　似少女
灼热的双眸　模糊的　世界
看不透　你的心
灵魂在　惋惜中　救赎

　　　　自信满满地　微笑　笑着哭着　奔跑着
　　　　相信世间　有真情　有真爱
　　　　相信诗词　歌赋的　能量
　　　　我的心跳　震动的　频率　还好
　　　　天上人间　地上凡间　何处不是　袅
　　　　　　袅炊烟

捧起一路　滴落的　汗水
洒满　昨天的　路　有些长
把一颗　芳心　交给时间　谁来　代替岁月的　钟
把生命的　衷曲　奉献

一路汗水　一路歌

　　　　　　　缄默的人啊　默默地　诵经
　　　　　　　默默地　把诗篇　圣书　放在心里
　　　　　　　诗人啊　默默地　数着　字符
　　　　　　　一字　一字　一字
　　　　　　　何其　长短

无论　怎样变化的　岁月
诗人的　妙思沉想　总会配得上　诗人笔下的
古典　加　现代的　风韵
终日默默　倦书简　沉思的　脸
笔下生辉　春来春去　苦茫然　酒阑清泪　滴朱弦
烁烁　砌词　一路汗水　浸透了来时的　路

　　　　　　　远方的良人　远方的景
　　　　　　　慢慢听　诉不完
　　　　　　　人生　一路的辛苦　一路的汗水　一
　　　　　　　　路的歌

诗人的傲骨

白发成霜　染了春装
静思静行　一路随风　漂泊
远处的港湾　渐渐渐近　离别的驿站
风　缠绵着　云　诉说着　淡淡的　春雨
云　胆怯的样子　慢慢融化在　天边的　夕阳里

　　　　飘零的落叶　和　飘零的花瓣　独自
　　　　享受
　　　　飘舞的潇洒　飘舞的自由
　　　　诗人笔下　行走着　苦行僧般的　傲骨

一声声　木鱼敲碎了　时间的空隙
一字一字　雕刻着　时间的　钟
拉长了　诗人　那独孤　清瘦的背影

　　　　一路　来来去去　一个个　美丽的传说
　　　　在笔尖里　升华
　　　　叙述着　人生的　琐事凡事

世间　除了生死
哪一件　不是小事

　　　　　每一天　默默地　诠释
　　　　　静谧月下　花前醉　此景能有　几人知
　　　　　对酒　吟诗　天边的星星　做了客
　　　　　诗人的　傲骨

此时　春色正浓　绚烂多色的花
正是诗人　花下浪漫的　情怀的　抒发
诗人的春天　浪漫的情怀　释放着　万千妖娆

　　　　　诗酒花香　诗人的傲骨
　　　　　点燃一炷香　燃烧心中的　激情
　　　　　缭绕　飘满了　悠悠的　心间
　　　　　玫瑰花　耀眼的花朵　和带刺的枝
　　　　　何尝不是　在警告
　　　　　小心路上　前面　那些带刺的玫瑰
　　　　　傲骨的诗人　想和春天的玫瑰　约会

怒放的生命

十六的月　如此的圆
月色　清欢愉悦　淡淡的　一个美丽的梦
声声呼唤　魅影行踪的你
今天的月　倒映水中
微风里　星星点点
院落里　繁花　花已落　我却醉在　十六的月下

　　　　　　喜鹊　鸳鸯　成双入对
　　　　　　哪一年　哪一天
　　　　　　恍惚之间　泛着　桃花的味道
　　　　　　害羞　害羞　如此的害羞
　　　　　　怎么想到　这样的　情欲

最后的玫瑰花　还在怒放
怒放的生命　回不去的　灵魂
我还是　多情的人

　　　　　月下　榻内　柔情似水　缠绵着　衷肠

　　　　　月下　榻外　桃花好运　多情种　欲望
　　　　　月下　鸳鸯配　吹不散　须眉　怎奈何

我来过　路无归期　只有　一息记忆
哪肯　迟暮　哪肯　退涩　清冷如　寒月
一切　想得　如此的美

　　　　　我像怒放的玫瑰　姹紫嫣红时节的
　　　　　花朵
　　　　　还有　罂粟花般　迷离的香气
　　　　　这倒是　容颜未改　心亦如此的　美

任红颜　向梦里　寻找　一个答案
弄清影　书书写写　别是幽情　嫌妩媚
我就是这　朝思暮想　怒放的生命

　　　　　你的手　你的眼　你的心　在我这里
　　　　　一切安好　放在我　怒放的生命里
　　　　　倾一壶月色　我和你　畅饮
　　　　　任他随意　怒放　怒放的生命
　　　　　漫漫地　品着　人间的欲望

一瞬　便是倾城

小雨微风　好个凉　秋不远不近
一袭轻装　素颜　依旧　白鬓如霜

　　　　　墨韵淡淡　梦里游
　　　　　船载　已过　此扬州
　　　　　悠闲　悠闲　时光　把岁月染黄
　　　　　希望　是一块　永不融化的　霜

低吟浅唱　诗人　写着情歌
每一首歌　自缠自绵　请你赏
挑起　绫罗幛　桃花泛滥　沾满了　床
有一点羞涩　羞涩

　　　　　又是一载　几条路　你可选
　　　　　假装　深陷　良辰美景
　　　　　捻花微笑　须弥如烟
　　　　　一瞬　便是　倾城
　　　　　诸多姿态　妖艳极致　便只留下　儒雅

无尽怀念　怀念依旧是　那样的美好
问一声　良人　你是谁
那一瞬　那一眼　便是倾城的　透彻的　美
此生　难忘　亦难　叙说
和歌和弦　写一首　自己的　歌
吹玉箫　弹琵琶　看似　路也　迢迢

　　　　　期望　期望　太遥远
　　　　　心绪　难平
　　　　　无尽的夜　和那　一瞬倾城的　眼
　　　　　难忘却　留下一片　像雾　像雨　又
　　　　　　　像风

红泪　偷偷垂　满眼秋色　万事非
此时景　此时心　万事皆有　它的　命
目送　目送
离别的　驿站　一盏　烛光
穿透了　哪一条路

我在地图上　迷失了方向

乘上　南下的　列车
带着　飞翔的　翅膀
我在　蓝蓝的　天空里
我在地图上　迷失了方向

　　　　我在你　眼里的　你的世界里
　　　　来来去去　折腾　轮回
　　　　我在我　内心的　世界里
　　　　转来转去

哪里是　起点　哪里是　终点
我在　谁的心里　迷失了　谁的方向

　　　　渐行渐远的　距离
　　　　丈量不出　我心　你心的距离
　　　　插上翅膀　任意　自由地翱翔
　　　　在这美丽　蓝蓝的　天空里

和雪一起融化 | 109

俯视　辽阔的　大地

一望无际的　草原

数不清的　青青小草　醉人地芳香

星星点点　点缀着　地图

于是　于是

我在地图上　迷失了我的　方向

思念　那天的你

春光悠然　渲染着　诗人的　遐想
一袭红妆　衬托了　春的绿　嫩嫩的叶
谁见薄衫　随风轻飘　一幅　江南语调
小桥　流水　思念　那日的你
倜傥　潇洒　内涵里　藏着风流

　　　　池塘里　纯白色的　莲花
　　　　圣洁　纯美　我附身　与你亲密
　　　　想起了　那天的你

分不清　香醇的诱惑　妖艳地盛开
背影盈盈　故作羞涩　惊艳了时光　如梭

　　　　约好的时间　相思泛滥
　　　　欲将　此时的美貌　赠与你
　　　　云淡淡　水悠悠
　　　　醍醐灌顶　亦清凉　不愿离别
　　　　思念　那天的你

眉目　传情
微雨花间　灿烂得耀眼
仰视
蝴蝶　掠过花丛间　仿佛　叙说着明天

　　　　　与你　翩翩起舞　迎接来年的　春天
　　　　　思往事　皆皆黯然　相思苦
　　　　　把梦　还圆
　　　　　潇香　梦中　思念　那天的你

今生的缘

今生有缘　缘浅缘深　就是有缘
我们相遇在　今生
你是那高雅的　贵客
点亮了　我的情怀　如此满身喜悦

　　　　　放一点心意　许诺给你
　　　　　变化一下　我的模样
　　　　　待你　慢慢　体会我

你是我　今生的缘　缘深缘浅　就是有缘
我双手　奉献出
我自己栽种的　美丽的花朵
骄傲地捧出　我的辉煌　送给你

　　　　　用这　和煦的阳光　照耀着
　　　　　今生　前前后后　崎岖坎坷的　人生
　　　　　默许　一地的　果实芬芳
　　　　　可笑　这一丝的　炫耀

湿了 身

你是我今生的缘　缘起缘灭　就是缘
我的　世界里
有诗　有花草　也有思念　还有　每天写的故事
也有我　用尽心血　谱写的歌
也有我　真情流露的　情感
也有你　说不出来的　悲伤故事　在这里

　　　　　　有我　阳光的　笑靥
　　　　　　有我　忧愁的　悲伤
　　　　　　有我　真情的　爱恋
　　　　　　有我　失去的　你和他

阳光和煦　温暖的日子
强说是　欢乐　情在深处
会心一笑　一笑　又到别离时节
空寂了　缘起缘灭
和谁　今生有缘

红颜知己

不容易的事情　心心念念　好久
红颜难寻　知己难觅
诉说衷肠　情　渲泄了脸庞
瘦了躯体　嶙峋了岁月的　痕迹
红颜和知己　难寻难觅

　　　几簇　淡薄青柳
　　　生到春秋　何处堪忧
　　　拾起　一地的芬芳　收简　干净的
　　　魂魄
　　　奉献给自己的灵魂　装扮　一路的
　　　繁华

红尘一丈　染　三生有幸
红颜和知己　难寻难觅
唯有一腔　惆怅　无语东流水

　　　采了妩媚牡丹花　编织　一路的　梦想

　　　　跌跌撞撞的　坚强
　　　　　待将　忧喜　寄新语

揽明月　月色朦胧　嘲笑着我
书书写写　只会编写　故事的我
折一支　玫瑰刺痛　心和神经
醒一醒　何时　清醒
且道是　惜　花落花开　又一载

　　　　　空空荡荡的　思恋　空空的杯
　　　　　换不起　今生好梦的涟漪
　　　　　想不起来的　曾经

笔尖　不停地　敲打着
一笔一字　心酸有无　彻夜难眠
孤寂　落寞　我徘徊的心
所思　所想　燃尽生命的　火花
红颜知己　难觅　难寻

　　　　　给我　一首诗词的　时间
　　　　　放纵　晒干　所有的　沉默
　　　　　慢慢老去　未怕多情
　　　　　平心　静气　心飘向何处
　　　　　何去　何从

静默　守着一段

无期的　期望

红颜和知己　难觅难寻

无语　东流水

懂与不懂之间

有些事情　懂　有些事情　不懂　似懂非懂
似懂非懂　无需用　语言释怀
解释就是多余

　　　　　心机　狡猾的心境　谁懂
　　　　　心机　良人的心境　谁懂

让我们的心　像玫瑰一样　绚丽
有时　也需要　带刺
带刺的花　更加美丽

　　　　花影下　树林里　锁着你的　记忆
　　　　花藤　无情无义地　缠绵着　它的故事
　　　　延长　时间的寿命　需要　坚强的
　　　　　　爬行
　　　　彰显你的　模样

人生　这绚丽的色彩　懂的人明白

枯萎　这样的魅力　欣赏的人　明白
留下一片　伤感和悲喜　牵挂　落满地
神秘　纯美　艺术的眼光
谁能看清　看懂你的　世界

　　　　　小心　小心翼翼
　　　　　慢慢地采摘　你的花期
　　　　　蜜蜂亲吻　你诱人的花蕾
　　　　　慢慢地　慢慢地　吐着芬芳

揭开　季节的序幕
小心　带刺的花　刺人很痛　看起来很美
却　惊艳了　你生活的节奏

　　　　　换个舞台　换个情调
　　　　　继续上演　再　继续谢幕
　　　　　谁看得懂　谁看得明白　这个舞台

捧起落花　无意　如流水
潺潺的溪水　流进花蕾
有意无意　谁懂的　懂与不懂之间　真情实谊

　　　　　这斑斓的　色彩
　　　　　婀娜多姿　谁的姿态

和雪一起融化　|　119

揉进了　红尘里　丰盈了　你的心意

落花　有情　也有意
谁看得懂　你的世界
懂与不懂　就是这样的　境界

相思落满地

春花秋月　秋的花　秋风飘　一地落叶
中秋月儿　十六圆
圆圆　圆了我们今生的梦吗

　　　　　燃了　一炷香
　　　　　双手合十　默默祈祷
　　　　　注满真诚的祈祷　万千红尘的　路

小酌一杯　一杯酒　醉了怡情
便是人间　逍遥在
相思人　独醉

　　　　　梦好　梦缘　梦难断　莫催醒
　　　　　好梦圆了　又是徘徊不前　等你何时来
　　　　　日日等　天天盼　一曲相思　中秋月下

花与泪
娇羞　羞答答　故作姿态　羞红了眼

和雪一起融化 | 121

只等　只待　郎君来

　　　　　总会有　感觉　模糊的记忆
　　　　　点滴小事　和那经历过的　死里逃生
　　　　往昔
　　　　　风月里　薄凉薄情　薄薄的蛊

乱了一片　天与地　早霜　苒晨曦
落满地　绵绵相思
桃花如面　惆怅　不知所起

　　　　　相思地　暧昧笙歌　醉了你的眼
　　　　　诉说　我的情
　　　　　滴滴注满　倾城何时　偶遇

光阴如梭　夜深　静谧的月
酒色　沉香　半盏　回味里
身心　身家　空空　如是

　　　　　仰望星空　吹一曲
　　　　　风流倜傥的　相思曲
　　　　　念你　想你　拥你入怀
　　　　　都在温柔的　目光里
一字　一行

一页　一天　多少日子

慢慢地　书写

在我的　诗词歌赋里　你可看得到

所有的　字句

做成　千纸鹤　不知邮寄何处

相思　落满地

沙漠玫瑰的狂想

大漠风沙　烈日炎炎　栽种　沙漠玫瑰
独坐风口　静默无语
撩了　心事
一坛老酒　相伴　畅饮　断魂飘摇　爬上云端
失魂落魄　淹没了　魂魄

　　　　　　今生今世　衣履　一袭白色　谜裟
　　　　　　了了梵音　了了凡生

举杯消愁　愁更愁
浮世　清欢　笑靥如花
一生英雄气概　个个落魄　又爬起来
举足　狂奔　轻重　自知
奔跑在　凡人平凡的　日子里
错过的　看过的
经历着那一抹　人生该经历的

　　　　　　精致美女　悄悄迟暮

　　　　　哪个人　占卜了　你我
　　　　　穿越荒漠　留下　每一个空城　等你
　　　　　像那　带刺的沙漠玫瑰　狂飘
　　　　　荒漠里　如此的　妖艳的花朵
　　　　　仿佛　像罂粟一样　有毒
　　　　　侵蚀了　魂魄
　　　　　烈日下　风沙里
　　　　　孤芳自赏　这绚丽耀眼的毒

荒漠的沙漠中　酒色飘香
谁　点起了　欲望的火
远方的　风沙　又起
吹满了　天涯　铺满了　海角
沙漠玫瑰　狂飘　独自绽放的　花

　　　　　万马奔腾　气势磅礴
　　　　　踏着一路风尘　高昂飞过
　　　　　你　我　他
　　　　　从哪里来　到哪里去
　　　　　沙漠的景色　对着　长空狂歌

沙漠中　饮尽一坛老酒　再敬敬天　敬敬地
最后　最后　微笑地
面对广阔的　沙漠　宣誓着

我是你　生命里　最美丽的　花
我是你　生命里　最有毒的　花

欲望　罂粟花

梦想和现实　在模糊之间　揣测
有多少梦　醒来后　才　明白　已经变成了　曾经
流淌着的　红尘
谁的梦　不是有着　些许　欲望
欲望像　罂粟花一样　慢慢侵蚀了　神经
慢慢　侵蚀在　你的　血液中

　　　　　　那　一往情深的　欲望　被血液浸透
　　　　　　耀眼的　赤色　涂染着　红尘的路
　　　　　　各自的欲望　在　欲望里　燃烧

遥远的启迪　每天的　匆忙
一往情深的　痴迷　痴心
心　却难改　意难收
一厢情愿的　无休止的　欲望
难收　难成　难体会
现实的骨感　瘦骨嶙峋的　柳条般摇曳着
若　天有意　欲望的良药　就在咫尺

　　　　放下该放下的　那一刻　那一刻
　　　　才能够　轻轻地　悠闲地　品着人生
　　　　　的　味道
　　　　酸甜苦辣　哪一样　没尝试过
　　　　样样　有滋　有味　不一样的　味
　　　　喜怒哀乐　样样经历过　怀念吗

欲望沾满　纯酒的味道　酒红　似火
燃烧着　欲望的火　彻夜兴奋
欲望　在生命里燃烧　撒上　红酒的味道
思绪　似咆哮的豹子　一路狂奔
穿越　密布的森林　穿过滚滚的河流

　　　　停下来　看一看
　　　　凡人自有　凡人的命
　　　　写书的人　一字一字　斟酌　字的意
　　　　作词的人　一句一句　揣摩　句的意
　　　　上班族人　继续着工作　想着月底的薪
　　　　老板啊　想着他所想的　成就和辉煌
　　　　一切　都是欲望　在做的蛊

无需　懂得太多　梦里的希望和欲望
梦想和欲望　回味悠长
缠绵在　你青春的　季节里

128　｜　和雪一起融化

放下吧　放下吧

放飞你的　梦　放飞你的　欲望

放下　一切耀眼的　光

穿过云雾　看世间

午夜里　酝酿了一夜的情

静谧的夜　一壶醇酿的酒　慢慢畅饮
这夜　这宁静的星辰里　谁在　弹奏
午夜浪漫的　曲

　　　　　窗外　一点星光　璀璨了
　　　　　窗里的人
　　　　　薄纱裹身　娇羞的　身
　　　　　透着浓浓的　性感　妩媚着　她的魅
　　　　　春意阑珊　这个夜

昨夜的雨　湿了　花蕊
湿了一地的　柔美

　　　　　今天的　小雨滴落了
　　　　　多少　温暖的情
　　　　　多少欢情
　　　　　被雨水　打湿

我在城里　你在城外
隔断了　午夜的盛宴
方知　庭院深深　深几许
谁懂　这一身的　娇羞
我在　午夜里　酝酿了　一夜的情

在尘埃里盛开

相思的　月光　长出了　棱角
深深地　呼吸　这　宁静的夜晚
忘记的岁月　拾不起的回忆
回忆　又怎能　在笔下生辉
痴心妄想地　守候着
尘埃里的　花朵　绽放的　姿态

　　　　墨迹未干　一行行的　字迹里
　　　　似乎　镌刻着　秀美的花朵
　　　　一转身　这花朵
　　　　便在尘埃里　慢慢地　独自摇曳着
　　　　点缀了　午夜的夜空　镶嵌在　月下
　　　　你的窗前

柔弱　柔弱的　经不起　风吹雨打
一份　孤芳盛开　一份　孤芳自赏
孤孤单单　借一素　月光
温暖　贫瘠的心田

今世　沧海　桑田
不负　我在　尘埃里　盛开的　美

　　　　盛开在　尘埃里的　花
　　　　娇艳得　令人神往
　　　　此时　仿佛心如止水
　　　　化蝶的梦　依旧妩媚

岁月　静好　好在懂得　独自欣赏
骄傲　还是　卑微
都融化在　尘埃里
在尘埃里　默默地　盛开

掀起高潮的夜

我和你　醉入了　夕阳下
迷离　色彩斑斓　晚霞的　余晖里
不经意地　慢慢地　我就想
轻轻地　亲吻一下　亲吻一下

　　　　穿越　夕阳的余晖里
　　　　那片　晚霞　那片云
　　　　带着　诱惑　从哪里来的呢
　　　　霞光　错乱地　映照着云彩
　　　　亲吻过的　那一片云彩
　　　　绽放着　灿烂辉煌的　光
　　　　天边　天边　魅力的云

羞涩的云　悄悄地　躲进了
夜的　背后
缠绵着　夜色
不羞　不羞　只有　一夜的色

只有　一夜　赤裸裸的诱惑

     朦胧的夜　和谁　惜惜相望
     月　偷偷地　偷偷地　微笑
     笑看　夜色里　那些
     激情　缠绵的　色

不羞　不羞　谁都　懂得
掀起　高潮的夜

折一段思念

千千万万的　人海
浮沉茫茫的　路转　峰回
布满荆棘　密布丛生的　他乡
一步一个　脚印
踩踏着　铺满悲伤的　落叶

　　　　远方的山　近处的柳
　　　　挫折了　路上的忧伤
　　　　折一段　思念
　　　　栽种在　苦海里

沉默　沉默
一片　一片的　思念
千里迢迢　掀起　天边的波浪
浮生　浮浮沉沉

　　　　心口　幽居　那美丽的幻影
　　　　我独坐在　须弥　空旷的山巅

一眼　望穿　叠峦山峰

一人　向北　一人向南
逆折了　迷失了
一条　今世不寻常的　路

疯狂……

我一直　在写着　胡乱地写着
红尘嚣嚣　疯狂的字句　一字一句
天空行马
在　晚霞的余晖里　收尽
淡淡的烟火味

　　　　疯狂地想　疯狂地斟酌
　　　　一往情深地　造句
　　　　把天窗　打开　透着月光
　　　　我的心跳　震动了　星光

这月啊　这星啊
深沉地　对我诉说
丞墨　你的疯狂
吹散了　夜的　色
吹散了　你的白发
苍茫了　夜
我说　那你把我　拂走吧

到你的　天地里

　　　　　天际　却开始了　沉默
　　　　　沉默了　沉默了
　　　　　寂静得　只能听到　我的呼吸声
　　　　　寂静的你　寂静的我
　　　　　两两　相望
　　　　　漠视　漠视
　　　　　眼里　疯狂地　流出了　流出了
　　　　　说不出的　滋味

于是　于是
我疯狂地　写着写着
一段　一段　一段　你们的故事

再遇到谁

今生　你　遇到谁
三生有幸　遇见一个
真诚的　良友

　　　　　三生无耐　遇见一个
　　　　　荒唐的　人

滤过　滤过
今生的缘　前世的因
今生　续缘　缘满才是　缘

　　　　　别过　别过
　　　　　今生的错　前世的果
　　　　　今生　错过　错了才有　过

走过了　经历了　风风雨雨
一路风景　忘记了　欣赏
看到　路边的苔藓　也是　葱葱绿绿　柔软　似鹅毛

生命力的　坚强

你的影子　在这条路上　滤过

今生　我错过了你

　　　　　望断天涯　我原来是　满腹诗华
　　　　　把你的影子　写得太长
　　　　　我一人　却感觉　失落了我的情感
　　　　　在　那个山头　在那个角落里

一杯清酒　清澈的

醉了　我的意

挥手岁月　一地繁华　也有一地鸡毛

你的姿态　落寞在时间　蹉跎的　路上

也只好　一个人　寂寞地斟酌

　　　　　今生遇到你　忘记在哪里　相遇
　　　　　隔世的情缘　注定　无奈
　　　　　默默　相互守望

望断了　谁的承诺　此一别

百转千回　尽是惆怅

百转千回　尽是希望

转世轮回　依旧　两两相望

填满胸膛　尽思量

朋友小聚　各自倾吐着
人生　悲欢喜乐　酸甜苦辣
各有各的　烦恼　各有各的　苦痛

　　　　　今天
　　　　　一切安好　一切顺然
　　　　　六根清净　康健闲雅
　　　　　想到　如今　半载时光　瞬间填满胸膛
　　　　　好的　坏的　苦的　痛的
　　　　　像鲜花一样　各有各的　模样
　　　　　人生　永远不知道
　　　　　是　死亡先来　还是明天先到

如今
岁月悠然　生活千姿百态
在风中　抓住风的手　随风畅游
在雨中　迎接雨的洗礼　随它淋漓
匆匆人生　路上　迷失了方向　几回

错过了机会　几回

找不回来　那些迷失的　失去的

    如今

    在岁月里　历练自己的　模样

    那是世间　独自的你

    给自己　留下一点时间

    逍遥　消遣　几回

    请把梦打开　娓娓道来　倾诉

    填满胸膛　尽思量

如今

历尽沧桑　把心搁浅　缱绻禅意的心

一切　在时间里　一个人慢慢地　经历着

淡淡　人世间　这浮浮沉沉

    在某个　转角处　千转轮回

    时光　赋予的美妙　偶尔开个玩笑

    时而煽动我　心底　缕缕情愁

我的掌心　有我的泪　有你的故事

晶莹剔透地

坠落在每天　狂乱地写着　辞藻的日子里

和雪一起融化　｜　143

思虑　探讨　人生的故事
填满胸膛　尽思量

暮色　深秋

让我　认真地　依靠这个深秋
让记忆在　心头萦绕
暮色里　依稀可见　来来往往的　过客

　　　　　　结束工作的人　疲惫不堪
　　　　　　有的人　和颜欢笑
　　　　　　有的人　赴宴相约
　　　　　　今天　结束繁忙的工作
　　　　　　我在暮色里　一个人　畅饮

有的人　仰望星空　徒步或者开车
悠闲地归路　带着今天的　运气
是好　是糟　还是依旧无恙

　　　　　　踏着暮色　暖暖的夕阳
　　　　　　抚摸着　下班回家　疲惫的脸
　　　　　　温柔着每一天　各自的岁月

借着月光　和颜悦色　思量
再也　无法寻找　昨天的时光
每时每刻　聆听不一样的　旋律
抑或激昂　抑或委婉　抑或优雅

　　　　　　一生悬命　怎能　说得清楚
　　　　　　暮色里　思绪　像洪水泛滥
　　　　　　时光雕刻的　痕迹　在脸上
　　　　　　我在笔尖上　蹉跎着岁月　向前

天涯咫尺　地久天长　长相守
今夜的月亮　高高地　骄傲地　挂在枝头
几缕相思　慢慢地　寄上心头

距离 无限

你和我的距离　不远不近　隔着空间
不远　我却永远　摸不到你
你永远　停留在那里　不远的远方
很近　近得忘记了　相聚在　哪个地方
触摸的感觉　和　一线之间的距离　渐远渐近

　　　　　　　穿越了　半个世纪　来看你
　　　　　　　无法逾越　灵魂之遥的　距离
　　　　　　　无法逾越　命运注定的　距离
　　　　　　　五味杂陈　各有各的　滋味

灵魂　在酸甜苦辣中　浸泡太久
灵魂　在亵渎悲伤中　淹没太久
腐蚀了　生命里　鲜活的情感
婀娜多姿　我想　化蝶为舞　那妖娆的姿态
深藏在　午夜
醉后的　一个人的浪漫

　　　　　荒芜的记忆　　忘却了曾经
　　　　　在心底　刻画着　青春清纯的容颜
　　　　　深深浅浅的　痕迹
　　　　　深埋着　清澈的灵感
　　　　　放任倾泻　今天会发生　什么样的故事

谁会在　你命运的路上
锁上了　距离的　枷锁
慢慢地　在时间里　煎熬着成熟
我只想　优雅地老去

　　　　　我就是那　天涯海角　山谷里的小草
　　　　　衬托着高山峻岭　一望无际　小小的
　　　　　　灵魂
　　　　　那一瞬间　化作泥土　化作尘埃
　　　　　在你的脚下　生存

美妙的　浩瀚无垠　我这山谷里的　情怀
也有一段　难以述说的　深渊的距离
距离　无限
日月之间　玲珑剔透的　灵魂
怀念　思念　最在
恨不相逢　灵魂深处的　情
在　你我　距离之间　产生的　情感

看不清的雾

雾里　看不清谁的模样　模糊的眼睛
雾散后　天空　一片清澈
喜鹊　在枝头叽叽喳喳　唱着它们的　歌
今天　懒散的云　飘忽不定
清冷的气息　弥漫在书房
安了　心里的念

　　　　　清澈的湖水　泛澈着　柔柔的涟漪
　　　　　冬季的寒冷　草木哀伤　牵强地泛绿
　　　　　诉说着　冬季的故事
　　　　　诉说着　看不清　明天的故事

所有的一切　像我的辞藻　一样
古典的韵律　现在的节奏
各不相同

　　　　　冷风　翻过古城墙　挽着冬的　臂膀
　　　　　牵着手　继续　来来往往

　　　　　漫长的路上　彩蝶　翻飞
　　　　　于是和你　度过一个浪漫的　夜

遐想　思恋　忍住　冰冷的天
忍住　不同的　感觉
走坎坷的路　心会累
思念太久了　心会痛
情绪零碎　落满　一地的　惆怅

　　　　　谁的世界　谁的舞台
　　　　　不是　一幕一幕　上演
　　　　　属于　你自己的　角色

轮回翻飞　像这　冬季的雪
带着冰冷　伤人　就这样直接
谁的冬季　如此的　冷清

独自相思

忆昔　细数　来日方长
年年岁岁　淡逸　岁岁年年　人不知　不相识

　　　　　　清品　素雅　此时　月朦胧
　　　　　　平静　心怡　情更浓
　　　　　　浓浓　似当初　初浅　情意浓

一曲　一词　圆了　惬意
笔墨　丹青　潇然　潇洒　如狂流的　瀑布
时光已变　我已老
恰似　镌刻　绣玲珑　短暂的　青春
身段　走型　不似初
初不见　我当时　是何　摸样
也罢　也罢　随意　随意
没有扭曲　精神　是好

　　　　　　虽然　虽然
　　　　　　路坎坷　走得有一些　艰辛

　　　　回望昨天　看看自己　坚定的脚印
　　　　青春已过　中年　一定会好
　　　　这是　对自己的　希望

相思　爬上心扉　等谁归
独自曲　高雅气质　怎能换
素雅悠然　高贵镶冷艳　不减当年

　　　　笔墨里　释　阑珊
　　　　夜色里　此时　难为情　思恋
　　　　思恋　一个人

今生　唯一情深　意在衷肠
小女子　在闺房
何时　可以储优　芳华　绝了色
才情俱佳　醉在月夜里　自赏

孤独玫瑰　徘徊月夜

一颦一笑　一举一动
人生如戏　喜剧　上演在　人生的每一天

　　　　记得　那天　美丽的邂逅
　　　　记得　醉了心一样　温柔的岁月

徒步　穿越时间的　领空
不经意间　弄丢了　谁的身影
徘徊　寻觅　千百个日月

　　　　悲伤中　让曲调　奏响戏剧的舞台
　　　　微笑　坦诚　无法挽留
　　　　温柔后的时光　你的精彩　依旧
　　　　脉脉豪情　沁润了　依恋的心窝

人生的滋味　千百种
尝尽体会　化作一曲　相思泪　回味
有所谓　曲折　迷离

无所谓　怎么　回味
牵绊　穿越时空
孤独的玫瑰　徘徊月色

　　　　这份情感　无法释怀
　　　　惆怅　在燃烧中　照亮了孤独的　玫瑰
　　　　怒放　火红的艳　埋葬在心中
　　　　心中的玫瑰　和心中的爱
　　　　爱得执著　爱得妩媚

拂袖　轻吟
人海中　默默绽放　就是不一样　烟火的人
耀眼的　孤独的玫瑰　徘徊月夜里

　　　　跌倒爬起　背后无数
　　　　泪奔如雨的日子
　　　　孤独的　玫瑰的往昔

孤独的玫瑰　片片花瓣　用泪水　浸染
在夜色里　徐徐生辉

特别的日子　特别的我

一缕清香　萦绕在　脑海
香槟　百合　不一样的感觉
桌上　香槟　酒的味道　醉了我这颗　芳心
桌上　百合　香气迷人　醉了　我的精神
一样的日子　感觉　不一样

　　　　　曾经　何时记得　特别的日子呢
　　　　　忙碌　一路颠颠坎坎　迎着朝夕　奔波

沧桑在脸上　愤怒地　皱起　波纹
慢慢地　慢慢地　爬在脸上
衬托着　那抑或低垂的头　抑或　仰起的头
伴着岁月　生起的　斑白如雪的　发
自由地　随风飘散着
我　带着这些痕迹　迎着夕阳　归途

　　　　　白色纱衣　随意地裹着　缠绵着躯体
　　　　　优雅　精致　纯洁　惊艳地绚丽

衬托着　红尘的　所有的经历和过往

青春　曾经的单纯　如梦如幻
成年　经历的喜怒　风花雪月
归去来兮　皆有命数

光阴　蹉跎了　精神
生活的每一个朝夕　哭笑参半
透过　时间的眼
穿越了　年年月月　荏苒

琴棋书画　伴着朝夕　慢慢地成长
半生　时光
无财　无利　无色　无家
是否也是　四大皆空

谱一曲　无主题的歌　送给自己
倾诉我　细腻的　灵魂
送给　特别的日子　特别的我

轮回的人生

不同的　世界　不同的　境界
同样的　时间　同样的　世界
光阴匆匆　在这祥和极速中　滤过

　　　　　看过的　经历过　变成了曾经
　　　　　拥有　自己的笔墨
　　　　　拥有　自己的傲骨　风格

敷衍了事　心中那些　无人知晓的痛
读书　诵经　祈福祈祷
朝阳升　夕阳落的　每一天
不知何时　红红的心脏
又会　玩起了休息
可怕的命运　那是　今生的宿命
在无心的日子里　每天写着　不同的故事

　　　　　月色皎洁　杯中映着　谁的影子
　　　　　金黄　金灿灿的秋叶

　　　　落满心头　堆积如山
　　　　该落的　落在　山谷里
　　　　继续　渗透　泥土的芬芳

多少轮回　韵律　几回的　生死
彼岸花　盛开的地方　有你　有我
等待　来生　不念悲凉　不用许诺
古庙　木鱼声　声声叹息
忘记吧　那曾经的悲凉

　　　　醉意朦胧　伤了心头　微微记着
　　　　酒是好酒　肉是这样的　嫩
　　　　原来　嫩的肉老的肉　各有各的味道

好好畅饮　人生几何
生死　只不过一回
学会放下　是一件　不容易的事
笔起　笔落　和着　韵
把宿命　规规矩矩　放在古刹里
孤独地　还是和我的　笔墨
慢慢终老

一缕禅香 一念思绪

佛堂里 宁静的气息 安详的佛
安详的神气 目视着 那里

   香烛 默默 燃烧
   虔诚的人 虔诚的心 带着虔诚的
    希望
   祈求 祈求 祈求着你的祈求

点燃 一缕香 敬天 敬地 敬佛祖
敬敬 敬敬 这颗虔诚的心
心意 在殿堂里 萦绕
一缕缕香火 燃烧着 希望
希望在 佛祖的殿堂里 燃烧

   残烛 残香 萦绕着 宁静的殿堂
   双手 合一 放在胸膛
   温暖的血液 慢慢地流淌
   温暖的心脏 平静地跳动

　　　　静静地　流着希望的血
　　　　只希望　你所希望的一切　静待美好
　　　　点燃一缕香　敬天　敬地　敬佛祖
　　　　一缕香　一念思绪万千

默念　心意　虔诚祈祷　在殿堂里
数着日子　一切安好
虔诚的心啊　留在了殿堂里

　　　　有心　有意　虔诚地　祈祷
　　　　数着日子　做好人　在人间天堂里
　　　　有情　有爱的心　啊　留在了这里
　　　　点燃一缕香　敬天　敬地　敬佛祖
　　　　一缕香　一念思绪万千

虔诚　一片心意　守护着你的　祈祷
念　一缕希望　祈　一片心意
温馨的禅意　拂过心头的含蓄
静目　思过
一切　如何

　　　　点燃一缕香　敬天　敬地　敬佛祖
　　　　一缕香　一念思绪万千

勾魂的香素馨

院落　青草地　两棵黄素馨
春天的气息　伴着清风　缠绵　飘舞

　　　　　我站在　你的气息里　摇曳
　　　　　黄素馨　飘满地　摇动枝条　迟到的风
　　　　　清雅的醉意　倾倒在　我的院落里

彩蝶翻飞　此时　停在枝条端
黄色的枝条　黄色的花朵间
霎时添染了　五彩斑斓
美丽蝴蝶的影
仿佛　一幅水墨画

　　　　　这一瞬　荏苒了　空间
　　　　　想起你　千里之外　你的世间
　　　　　什么样的　色彩
　　　　　此时　我的世界
　　　　　一片金黄　片片　色彩斑斓

还有　不速之客　蝴蝶作伴
这不速之客　画龙点睛
惊艳了　时间　穿越的艳

月夜下　香素馨　勾魂　颠倒了夜幕
阡陌　博弈　歌舞的蝶

红尘嚣嚣　　怎也抵不过
那金黄　诱惑　大自然　奉献的美
渲染了　我的舞台　我的院落
繁华　喧嚣　香素馨
默默地　飘满了　我寂寞的窗

也许老了

天空湛蓝　飘着　懒散的云
一杯芳名　端起　放下　静静地　静静地
空白的脑海　浮出　跳出一点　往昔的日子
青春年华　怎样过渡
掠过的　豆蔻年华
零碎的记忆　慢慢　忆起

　　　　　人生　难免意外
　　　　　现实的意外　残酷　不堪　无奈
　　　　　清晰记得　那一天　活蹦乱跳的　心脏
　　　　　突然　玩起了骤停
　　　　　突然　玩起了休息
　　　　　骤停的瞬间　依稀　可见
　　　　　那垂死挣扎的　时刻啊……
　　　　　再醒来　那是　六天后的　下午

一瞬间　天堂和人间　这就是一瞬间
我　挣扎了六天　休息了　当作休息了

想想　可怕　想想　想不起来的曾经　以往
模糊的记忆　只有现在
现在　就这样　就这样　感觉一切　如此的美好

　　　　也许　我老了　也许我累了
　　　　看着蓝天　望着白云　茶　尚存残温
　　　　茶　慢慢地品　人生　慢慢地走
　　　　书慢慢地看　诗慢慢地写　日子再继续

人生　一路坎坷　也美好
有诗有情　有爱的日子
从冬到春　从夏到秋
坚强的脚步　一步一步　铺踏出　今生的路

　　　　也许　我老了
　　　　余温　温暖着　我和你　相聚的日子
　　　　和一颗　温暖　相爱　唯美的　心
　　　　跳动的脉搏　注入年青的　激情
　　　　这一生　有几次　可以这样　刺激

敬一敬　向东　向西　日出　日落
两炷香　飘缈飞舞　有爱的日子
两炷香　萦绕书房　闭上我的眼（玩起了浪漫的　情调）
默许　默许　踱入　不老的芳华

家的方向

残雪融化　冰封已久的　冬
柳树枝条　慢慢摇动　它的睿力
清新嫩芽　舒展它的　腰身　柔柔的
呼吸　伸展　斩不尽　它的柔
还是　还是　垂柳　千年万年　不朽

　　　　路边漫步　是否　有回忆
　　　　回忆　孩时走过的　街道
　　　　变化了　它的美貌　脱胎换骨后
　　　　找不到　它的模样了
　　　　石子路　石墩炉　户门石墩　雕刻的虎
　　　　（狮）
　　　　左雄右雌　威武的门　高贵　奢华

找不到　唯有思念　回味
千里之外的乡愁
往昔　尘世　在纤细的指尖　划过
敲着岁月的钟　滴答　滴答　不停

　　　　今生　这一程　这一路　留下
　　　　一串串　泪水　流在路上
　　　　滋润着　走过的路　丰盈了　红尘的路

孩时　月光下读书写字　伴着明月
自觉　乖巧　梦在明天　无依无靠

　　　　洗衣　打扫房间　一碗粥的　味道
　　　　家的情景　那些温馨的乡愁　萦绕

写书的女子　站在家乡的　街头
书写　书写　一片乡思的　愁

勤劳的影子

渐渐地　沉睡着的思绪
翻滚着　陈年旧事
似一部电影　滤过　好的　坏的　差的
完整无缺的　银幕

　　　　　转身面对　低调的　华丽
　　　　　读书　种花　种菜
　　　　　看尽了繁华　看尽了苦乐
　　　　　串起　一篇回忆
　　　　　静静地　品着美丽农妇的　世界

鲜花　蔬菜　围绕着　和谐灿烂
温暖的感觉　沁入血脉　澎湃
岁月　如此的　安好
潇洒　自如地　来过

　　　　　院落里　四处看到　勤劳人的影子
　　　　　单纯的喜欢　单纯的优质

总是随意　陪伴着　蔬果花香
直率坦诚地　说一说
勤劳的影子　在院落里　写着芳华的模样
在日落里　淹没

　　　　　轻盈的步履　匆匆的　过活
　　　　　院落里　铺满　你勤劳的影子
　　　　　每日的感觉　停歇在　漫长的夜
　　　　　灯红酒绿的世界　和你　无关

夜幕　休憩
一杯红酒　喝不醉我自己
流淌在　温暖的血液里
欢快地舞蹈着

　　　　　敬着月亮　一起饮尽　午夜的静
　　　　　谁会走进　谁的午夜里
　　　　　谁和谁　今夜　缠绵在一起

潇洒也销魂

用一段真情　诠释着　人生的
滋味
用心去感恩　铭记这　人生的
红尘
用笔尖去感受　这一生留下的
芳华

　　　　　　几度风雨　兼程　几度春秋　销魂
　　　　　　染成了沧桑　染白了发髻　勾起回忆
　　　　　　随意　在心里　种下了一片桑田
　　　　　　桌上的　残酒
　　　　　　还渗透着　芳香
　　　　　　等你弹奏　今夜的曲
　　　　　　潇洒的夜　潇洒的酒　潇洒的　天真

放逐　悦乐　一回
今夜等你　点燃欲望的火
缠绵　偈悦　斑驳　醉后的风流　亦销魂

曲调和谐　委婉　却撑不起　前行的帆
此时此景　月色洒满　楼阁

　　　　　色戒　潇潇色色　勾起了　欲望的魂
　　　　　用妩媚的　月光　调色
　　　　　调一夜　潇洒的　月光

从容　夜色如此的　静
情知此生　无奈被时光　押了韵

　　　　　倜傥风流的　午夜里的遐想
　　　　　独自　醉入心扉　不胜唏嘘
　　　　　乱了情调　闭目养神　甜美的梦
　　　　　净心　无语　月可求　花可得　唯你
　　　　　求而不得

今夜　读我　自己的夜
汗如雨的潇洒　在　风流韵梦中

慢慢地走

人生的路　　慢慢地走
管他风雨　淋湿你我　美丽的梦
风雨兼程　细数路程　几度春秋
化作　年轮　辗转今生
折煞了　世人　何为

　　　　　辗辗转转　天地之间　痴痴地等　傻
　　　　傻地守
　　　　　枯萎了我　纯洁的思念　梦已冷

如何携手　一起走
走进山门　还是　渡入　空门
点燃一盏　残灯　推开了　佛门
虔诚　善意　双手合一　默许　默许
真情真意　和你慢慢地　走入　空门

　　　　　人生的路　慢慢地走　慢慢地走吧
　　　　　崎岖坎坷　曲折迂回　也只能　走一回

　　　　走一回　这人生　坎坷崎岖的路
　　　　空门的路　又如何地走

蜿蜒遁入　耸立高山中　通往空门的路
徒步爬行　一步一步
今生　这条宿命的路

　　　　　　一半微笑　一半苦痛
　　　　　　一边擦着泪痕　一边牵强地微笑
　　　　　　跌跌撞撞　昂着坚强的　头
　　　　　　慢慢地走　漫漫地走

期待邂逅

有水则灵　品一壶　芳茗
角落里　独自的我　和一盏微弱的　灯火
默默地　等待着　谁的到来
陪我　喝一壶的　韵味

　　　　　望眼窗外　垂柳　枝条　百无聊赖
　　　　　穿越　眼里的世界
　　　　　如此的　奇妙

想着　想着　想着
是你邂逅我　还是我　邂逅了你
在无言中　寂静里
我默默地　等候
等候　一段邂逅的　心动

　　　　　你是灵动的水　一壶芳茗的　滋味
　　　　　滋润了我　温柔的心

是你　那一抹　淡淡的微笑
深深地　吸引了　我
之后　我迷失了　自我

原来
你是我　心中　蓦然邂逅的　感觉
闭上我的双眸
尽情地喝尽　这等待中
邂逅的滋味儿
和这春光在一起　默默地　静静地
守候　品着邂逅的　味道

迷眸的微笑

浓浓的情谊　静谧　缄默
淡淡的微笑　甜蜜　温馨

　　　　一段红尘　相遇在　午夜的梦里
　　　　一滴的温情　温柔了　一路的徘徊
　　　　找不到　来时的路径
　　　　回首　忘记了曾经

平静的心　温暖着　你的世界
不骄不躁　静静地　和你享受
这段　美丽的邂逅
和你　千百次的回眸　然而　却迷失了
擦肩滤过　滤过一段迷眸的　微笑

　　　　一寸光阴的　邂逅
　　　　来不及珍惜　已经穿越了　季节
　　　　我和你之间　隔着　星星一粒
　　　　你的眼神　你的回眸

　　　　深深地　雕琢着　我的心田

时光伴着年华
不同的　世界里
你　我　慢慢地走到　地老又天荒

　　　　一日一夜　辗转万千
　　　　零碎的　记忆
　　　　铺满了窗前　星星　眨着眼睛
　　　　漠视　迷眸的微笑

一切　化作永恒
留住我们
今生美丽的相遇

醉过自我

喝过的酒　流过的泪
唱过的歌　忍耐的事
一切　在经历中　历练　坚强的自我

　　　　　曾经　为谁　喝过的酒　醉了自己
　　　　　醉在　朦胧的希望里
　　　　　还是　醉了　自我

只想　所有的希望
用这真情　一杯酒的　度数
洒在　希望的路上
滋润着　希望
然后　背起行囊
在路上　奔跑　奔跑

　　　　　希望里的　时光
　　　　　想起　你的模样
　　　　　趁着　朦胧的醉

　　　　思念和你　走过的日子
　　　　如今　我依然　还是那么认真
　　　　相信　旧的温度　带给我的温馨

想一想　思念在心里　拔苗助长
过去的事　过去的人
缘分　错过的人　一切随缘　自然地　来来去去

　　　　朦胧的　世界里
　　　　默默地　默默地　说声祝福

我把一切　深埋在心底
静静地　等待　接受
那改变的　模样
慢慢地　接受你　改变的心

戈壁路上的嫣光

漫长的　路
向远方　延伸
我在　酷暑的　沙漠里
我在　耀眼的　阳光里
穿越　这一片　似火的　路

　　　　　荒芜人烟　也无树木的　戈壁滩
　　　　　像一把　水磨的　镜子
　　　　　仿佛　映射出　火辣辣　太阳的光
　　　　　滚烫得　把所有生命　灼伤

前方
青山绿水　风光旖旎
仿佛　映透了时间　不饶人
姹紫嫣红的　路上
你的影子
如此的　美
那是路上　你闯荡江湖的　景

　　　　穿越了　几个秋
　　　　踏过了　几个春
　　　　须臾徘徊　之间　时光荏苒　之间
　　　　拼着命地　寻找　路的终点

戈壁沙漠　荒芜的渡口
是谁　敲响了鸣钟
滴答　滴答　滴答
缄默了　沉寂的时光

　　　　远方的　景
　　　　落花　已是　黄昏
　　　　徘徊
　　　　梦和　沙漠　之间

一幕　一幕　一幕
沙尘暴　铺天盖地　席卷而来
像潮水　拍打着海岸
泛滥了　你　一路上
如此的　嫣光

喜怒哀乐　人生故事

花园　栽满了　四季盛开的花
煮　一壶芳醇　清淡　悠闲

　　　　　宣纸　笔墨　潇洒自如　如是
　　　　　我在今天　书写　生命的光阴
　　　　　光阴　柔美的线条　腐蚀了我的身
　　　　　贴着我　自卑的灵魂

弹指一瞬间　秋转冬寒
飒飒的风　潇洒地　吹散一地落叶
叶瓣　自由自在地　飞舞在天地之间

　　　　　黄昏后的霞　映着　青松翠柏
　　　　　我在这里　品上一杯　芳茗
　　　　　清澈纯净　透着　月夜
　　　　　慢慢地　送走　岁月年华

红尘潇潇　沧海人间

每回　俯身拾起　岁月零散的　时光
时光　深处
那流逝的　零零碎碎的　片段
和那正在上演的　喜怒哀乐的　故事
却　无法明白　红尘这一路的　寂寞

　　　　你的故事　我的故事
　　　　谁知　故事的　结局　如何
　　　　有些记忆　已经跌落到　谷底
　　　　在时光的边缘　喘息
　　　　有些记忆　却无法言喻　汇成了忧郁

这段时光　这段情缘
唯愿　你的影子　你的情谊
深情地　落尽我　生命的　书简里
我用一片　只是一片　薄薄的一片　深情　厚谊
把这些　倾心的故事　慢慢地倦写
默默地　渲染
用我　温暖的血液
写满　每一个　生活的印记

奈何　今生不了情

心　长了翅膀　飞到了云端之上
自由翱翔于　天际
双手　捧起了　白如雪的云
随意飘洒　它的柔美
俯视　苍穹大地　看尽世间一切
千姿　百态

　　　　　穿梭在　云和云　之间
　　　　　穿梭在　海角天涯　苍茫大地之间
　　　　　一路上　一个人　奔跑
　　　　　朝着　菩萨降临　和　菩萨归属的
　　　　　　地方
　　　　　一路上　一个人　默默地煎熬
　　　　　说不尽的　是
　　　　　什么呢

惊奇　红尘　不露本色
原来只因　已入骨　一股势气

一股情韵　在泛滥

　　　　　　那一往情深　缘浅　还是　缘尽
　　　　　　怎奈何　只想落地重生　再挑灯
　　　　　　照亮　这一行程

我的花花草草　如我　生生死死
几番折腾　艳丽夺目　惹人　艳
良辰美景　奈何天
便赏心　乐事　我家　小院
和花朵　小草　诉说　一片深情

　　　　　　无情无尽无休　今生　不了情
　　　　　　情到深处　该如何
　　　　　　小草说　你是绚丽的　女人
　　　　　　把深情　奉献给了字符
　　　　　　花朵说　你是耀眼的　女人
　　　　　　把真情　奉献给了家庭

我说　我是一个刁难的　诗人
把字里行间的深情　写得太逼真
我像　得了魔病一样
在这魔病中　奢侈地　愉悦着心境

无论时光　怎样匆匆　和我挥手　告别
这人间　不了的情　让时间抚平
我们　能够有多久的时光　在一起啊
我终是　念着你的　好

不问明天　不问你

谜一样的人生　最终寻找到了　归属的点
寻寻觅觅　冷冷清清　倾心　儒雅
灵魂生出了　美丽的翅膀
慢慢地　学会了　一个人　自由飞翔
慢慢地　随着　清风明月　自由翱翔

　　　　　红尘　不辜负　你和我　见字悟道
　　　　　美丽的相遇　期许的缘分
　　　　　惋惜　惋惜　辜负了今生
　　　　　你和我　这青春芳华　不再相遇

悔悟当初　一片　冰心如玉
奈何　奈何　如今　你是你　我是我

　　　　　不问　苍天　不问　明天　不问你
　　　　　所有　一起走过的　日子
　　　　　各有　所思　各有　所愿
　　　　　爱过　发誓过　又如何呢

不问岁月　不问昨天　不问你
人生路上　悟道　悟我　悟红尘
你一路向北　我一路向南
不问灵魂　各自　翻飞

一颦一笑　皆是今生因果

风　吹散了　谁的梦
一切　已消失得　无影无踪　如此的神速

　　　　　辗转　还是　难眠
　　　　　一夜　那份　情　谁会记得谁
　　　　　迷迷蒙蒙　惘然　一片乌云
　　　　　若有　若失　心里　冷风吹得急
　　　　　若有　若无　一切　化成灰

悠悠的心情　悠悠的记忆
甜美的　曾经　和那甜蜜的　记忆
默默地　将我的柔情
深深埋葬

　　　　　谁知　微笑后的　酸甜苦辣
　　　　　说也好　不说也罢
　　　　　生活　再也遮不住
　　　　　岁月　爬满心头的　忧愁

这世间　说不清的　爱恨情仇
谁　猜得透　谁
谁　爱得深　谁
谁是　你相依为命的　那个人

　　　　　这场梦啊　这个希望　有些长　有些长
　　　　　把幻想　排空　醒来后　一切　还是空

一颦一笑　皆是今生　种下的果
也许是　前世的因果
开出　你不知名字
亦是美丽的　花朵
一颦一笑　皆是　因果

　　　　　知否　知否　日长　夜里的雨　独自
　　　　　　　思索
　　　　　只留一片　痴心
　　　　　圆了　今生　无欲无求的梦
　　　　　谨慎地　种下一颗　小小果

知否？可否！

清风　明月　一缕香
岁月　无情　白发成霜　不识君

　　　　　岁月　无常　谁知　凉
　　　　　饮尽人间　冷暖
　　　　　篱下　默忍　属于自己的人生

茶香　酒香
醉了　今生　期许的　希望
小酌　小醉　怡情　还是　移情
静品　静酌
敬敬天　敬敬地　随手　敬敬你

　　　　　一抹微笑　嘴角上扬
　　　　　甩甩　我　惆怅的　白发
　　　　　哽咽了我　细腻的　声音
　　　　　终于　可以在　这个微醺的时候
　　　　　放纵一下　自己

　　　　带着人生的　创痛和悲伤
　　　　我这　灵魂　经历过的　奈何桥边
　　　　经过　地狱　才会走进　天堂

放纵自己一回
挨过多少　创伤的　灵魂
承载了我　多少个秋
承受了几许　曾经停止过　跳动的　纯洁的　心

　　　　落花流水　天堂　是否有人间
　　　　我知道　我是从地狱里　走出的人
　　　　所以　我在今天
　　　　总会　赤裸裸地　坦荡地　自由高傲
　　　　　地说
　　　　知否　知否　活着　真好

抬头　望着月　月是那轮月　人却　已变故
不见　当初　你的模样
是对　还是错呢
都是　人生的　经历

　　　　看时光　朝阳也好　夕阳也好
　　　　还是　温馨的　如初的感觉
　　　　期待相聚　人生慢慢地　感受

和雪一起融化 | 191

冷暖自知　那些有心的人

明了　明了　明了　想一想　想一想
谁家　男人　不风流
谁家　女人　不娇柔
知否　知否　可否
你可　知否

倾心一刻　记得谁

夜色　朦胧中　透着　光
微微的　光　透着灵性　点亮了
多少　情真致美的岁夜
那夜是　休息灵魂和精神的　港湾

　　　　　夜　偷走了　沉睡人的心
　　　　　默默地把心　换了　倾心　怎不觉
　　　　　几多　心计　记在　心间
　　　　　穿破了　心脏　那感觉
　　　　　一地　落血　汩汩
　　　　　向一个方向　尽情地流淌
　　　　　幽冥　沉迷　不记得了　你是谁

焚香　烟雾似雪　落地　滋润了净土
烟　袅袅升起　几折苍茫　几折堪忧
陈年笔墨　字里行间　都是你
可是　你记得　谁
风骨韵律　在手心里　孕育着　夜色

　　　　用这　一生一世的　记忆追寻
　　　　一期一会　和你相遇　在凡尘
　　　　一朝一夕　那敏感的　挣扎被搁浅了
　　　　等待　夜里　有一个奇迹　上演

一瞬间的　情　写满了　你的故事
我的情人　在天涯海角　等着　谁
拥着你　残忍的忧伤　悠着岁月
独自　成长

　　　　亦深　亦浅　亦近　亦远
　　　　和你月下　聊聊　心事
　　　　你记得　我吗

对着　这束光　添一曲　诗意
和你　品着　那衷心　那断肠　那相思的滋味
对夜　对弈一首　诗歌
无语的夜　把你的心胸　抛开
于是你的心胸　壮大无比
把夜写得　更加　伟大
那是你的避风港湾

　　　　这场　风花雪月　五彩缤纷的　红尘
　　　　今生　你记得　谁　我刻骨铭心的

记得

　　饮酒　对歌　只为今生　记得你

细心想想　那些未了情

酌情随意　感受时光的　清欲
一杯　晶莹剔透的　酒　串起多少
往事　在心头浮起

　　　　　誓约　良言　铭刻心底
　　　　　暗香疏影　依稀记得　谁

暮然回首　皱纹诉说　岁月年华
蓦然思量　泛滥成灾
一句一句　一字一字　一笔一笔
震撼　不可摇动的　神奇

　　　　　风花雪月　一袭性感妩媚　白衣飘飘
　　　　　那年　那月　等你在　何时
　　　　　对着　月色
　　　　　写下　这首　委婉的歌
　　　　　留住　红尘嚣嚣　那些美好的记忆

未了的心愿　未了的情意
画一幅　江南　水墨丹青
融入我　舒心的日月
不问这是　谁的落款
黯然　寂寞神伤　徒然　叹息
一个人　独赏　维密的美

   幽读者　自娱自乐的　音调
   细心　想想　想解开　前世的谜底
   看看　过去步履　留下了　多少残迹
   惋惜时间啊
   你剥夺了　我的记忆

我在时间的　山坡上　看看
看看　还有哪些　未了的情

月夜光照的老陈酒

时间　慢慢地　挪着方步
君不见　朝和夕
一墨　一默　一思虑　千丝万缕
问君何时　会相遇　是否　在逍遥处
莫问　莫问　君子之有度　风度

   饮一尊　佛缘好酒　醇酿　还是　纯酿
   凋谢的花　有花期
   女人　似花　有期
   那是　什么样的　期
   这是一个　无法解开的　谜

花期不长　风沙肆虐　淹没谁
如花　似玉的　美
来时一路同行的人　是否　已成为　过客
新的潮涌　淹吞了　寒夜孤独的人

   一瞬间　似云烟

  百花争艳　斗芳菲
  丞墨　点滴的心愿　不能诉说
  落下帷幕　弹奏一曲
  放下弦外之音　幽谷里　和弦演奏着
  曲调　音律　铿锵有力

静听　一首　委婉的曲
喝下　这一杯　浓香的酒
醉了我　几千年　不老的传奇
面对　天涯
咫尺　无人
只好　只好
一醉　穿肠
和月光　一醉方休
来来　来来来
饮尽　月光下的　老陈酒

朝思暮虑　蝴蝶翻飞

一束光　穿透了月色
花开始　凋谢

　　　　　秋的脚步　带着　和颜悦色
　　　　　你的柔情　我的蜜意
　　　　　奕奕　光阴　似蝴蝶　翻飞

一枝花　一份情　情深是否　比海深
无情　怎能　遇多情

　　　　　朝也思虑　暮也思虑
　　　　　问　今生东西　今日何夕
　　　　　我在东　我在西　这距离之间
　　　　　揣摩　最后　让夕阳　拖着我的影
　　　　　走到时光的　尽头

自惜别　难舍离　几缕清风
此时　花开　月正圆

我的笔尖　记下了春的　温馨
我是这　诗词的囚徒
把自己　装进了　字里行间
无法自拔

　　　　　早霞　晚霞
　　　　　余辉　印在天边　洒落　一地余光
　　　　　撑起一片　温暖的天

左手算着　筹码　右手算着　付出
谁是谁非　几日添　憔悴
人啊　活着真累　总是　算计来算计去
付出和获得　是何等的　重要

　　　　　不堪重负　黯淡
　　　　　光失了　它的能量　悲摧
　　　　　时间和光阴　互相驾驭
　　　　　彼此的关系　无法纠缠了

闲情　逸致
一生　优雅的时光
朝也思虑　暮也思虑
思虑　万千
和蝴蝶　一起翻飞

高贵的目光　超越的眼神

月光和星星　亲密着
惹人羞涩
这夜色里
想把星星　摘取
放在诗人的　书架上

　　　　诗人　借着　它的光
　　　　诗人　用　诗人的眼神
　　　　端详　夜色的美

亦或是　夜色的　宁静
抑或是　夜色的　温馨浪漫的开始
抑或是　激荡不鞍
抑或是　风流潇洒
亦或是　激烈欲愤
抑或是　高潮缠绵

　　　　用诗人的眼神　洞察　这夜色

　　　　那是　如此的　美妙诱人

这双　激情澎湃的　眼神
穿透了　夜
以至于　你高贵的　目光
超越的　眼神
永不朝向　虚无

　　　　但是在　思绪缥缈　万千的幻影里
　　　　穿越　夜空
　　　　华丽的　外表
　　　　耀眼的　气质
　　　　诗人　做自己的　女神

不　围攻势力的　毒
不　傲慢金钱的　诱惑
不　撩侃无聊人的　妖媚

　　　　诗人啊
　　　　在孤独　在寂寞
　　　　在百无聊赖的　空间里
　　　　做自己的　主人

诗人啊

用你　穿透一切的　眼神

把夜光　撒向　星空

撒向　荒凉的　大地

撒向　我沉睡的山谷　沉默至极的山顶

高贵的目光　超越的眼神

照耀着　这片我钟爱的　宁静之乡

　　　　　　诗人问

　　　　　　问　时间　问这片土地

　　　　　　曾经　种下了什么

揉揉我　欲望的灵魂

美丽的　语言　美丽的　灵魂
在这　秀雅的　脸上　刻着
岁月　流逝的　青春
岁月　无情的　痕迹
密密麻麻的皱纹　调侃着
人间　怎能　不食烟火
人间　怎能　永葆青春

绿树下　小溪旁　揉尽凉爽宜人的风
巧手的人　编织　每一个季节
四季　变化的　赤橙黄绿
懂得生活的人　欣赏　不同季节的美
忙碌的人　忘记了时间
忘记了　感受生活的美好

一声　轻叹　多不容易　那些
欲望　欲火　焚烧的　热度

无法熄灭　这熊熊燃烧在　欲望里的火
希望　还是　渴望
揉揉　自己这　坚强的　灵魂

　　　　这灵魂啊　在欲望中　燃烧着
　　　　在心底　心底里　翻江倒海　折腾
　　　　像一把　永远　浇不灭的火焰
　　　　在时间长廊的　路上　燃烧着

我在这里　静静地　活着　自我
一笔一墨　一个键盘
曾经的　欲望之火
去哪了　去哪里了

　　　　与世无争　每天敲打着　键盘
　　　　修心养性　在这里
　　　　一块薄薄的　面包　一杯浓浓的　咖啡
　　　　瘦了身　影子　也在跟着　瘦长　拉长

静养一下　心灵
让　灵魂和心灵　碰撞　自渡
自己这　无欲无求的　灵魂啊
在沉默中　沉默着

月光　映衬那些　孤独的影
随着夜风　飘荡
喘息　呼吸　大自然里　这凉爽的风

在这风中　悠闲自得　渡自己
在每一个　宁静的　深夜里
渡我　渡我　揉揉我　欲望的灵魂
何时再有　激情迸发

云中之雾　雾里之花

弦外音　曲难弹　花前月下　夜幕垂帘
花落时　影醉了
世外桃源　神秘悠闲
又一个　神秘的谜底
不被人　揭穿

　　　　　几载心事　付出　多少代价
　　　　　清冷　酒　荼蘼了　夜
　　　　　谁的　狰狞面目　消失在陌路
　　　　　雨　悄悄　夜　未央

冥思　思量　那些　无法识别的　惆怅
一声感叹　薄衣裹身　冷暖　自知

　　　　　雪里山涧　淡淡地　淡淡地
　　　　　融化了灵魂　埋葬了思念
　　　　　所有的温情　在血液里　融化了
　　　　　云中之雾　雾里看花

　　　　　看中了　那朵花

老酒　几杯　饮尽情
仿佛自己　跌尽了　深渊谷底　猝然　倒下
仿佛　酣然如梦
倏然　醒来
迷蒙的双眼　云里看雾
雾里　看花　看不清花花的　世间
于是　我喜欢　迷迷糊糊　酣然入睡

　　　　　觉醒　何时　才可以　醒
　　　　　清风明月　还今世的　不了的　情
　　　　　归去　归去　我自由地　归去

在时光流逝的日子里等你

在时光流逝的日子里　我在等你
每天凭着　力气　拼凑着　诗情画意的日子
和这　天性浪漫的　情怀
温馨的风　吹拂着
那是　天风　等着你

　　　　　我们在　时光里　走散
　　　　　我们在　时光里　相聚
　　　　　留下　一地　最深　最真的　情感
　　　　　汇成　一卷一卷　书简
　　　　　珍藏　此生的　日记里

我在　时光流逝的日子里　等你
每一个驿站　用风情万种　演绎着
深情厚谊的　情感
饱受　今生　旅程上的
艰苦和快乐

　　　　亦有　酸甜苦辣　亦有寂寞
　　　　一路　寻找一点　温柔的光
　　　　可是　寂寞却在　黑夜里彷徨

此时　此时
停在　这个　驿站
翘首期盼　前边的　路程
是否　和　曾经的　路　一样
让人　无心　错过
血染了　你的　空灵
将你的　心　掏空

　　　　我在时光流逝的日子里　等你
　　　　用我　最深的　情
　　　　用我　纯真的　爱
　　　　把生活　装扮成　诗情画意的　模样
　　　　等着　你
　　　　痴痴　狂狂

智慧的眼眸　美妙的歌喉

用智慧的眼　看世界
用了　半辈子的　眼神
看人生　何时看得清
红尘　优美的风景

　　　　荷花　在自己的空间里　盛开
　　　　开着　它的美
　　　　无论如何　也得有　美的眼神
　　　　才会看到　美的　东西

如果　看到了　你不喜欢的东西
那这东西
也许有好　也许有坏
智慧的人　相信　自己的眼睛

　　　　满腔热血地　把时间　写在日记里
　　　　斑驳　错乱　那些耀眼的　时光
　　　　在我眼神里　错过了　美妙的

　　　　时空　错过了倾听你　美妙的歌喉

你的歌声　缭绕响透　入了心田
狂放的　歌喉
把这满腔的　激情　撒向人间仙境

　　　　于是我　变成了　美丽的蝴蝶
　　　　飞翔在　一季芳菲　璀璨的　天空里

我偷偷地　用一双　明眸
看着　深夜　你寂寞的背影
稠密的悲思　和那　柔弱的心
无法酝酿　夜色的美

　　　　迷茫的感觉　封锁了　纯真的情感
　　　　在我心底　刻画着　你不老的容颜

我放心　一切　放空灵感
享受时光　匆匆流逝的记忆
我不辞辛苦　欢悦地
一笔一笔　牵强地写着
在一片　沉寂的时光里
守住　纯洁的灵魂
记住你　美妙的　歌喉

和雪一起融化　｜　213

了了心里一丝愁

昨日　已经　在历史里
留下　一地　纷乱的回忆　埋在心底
种下　一生　无法揭开的　谜底
与世　与人　相隔
人去　屋空　巢也清清
只有　只有
只有时光　默默地　陪着我
一语不发　漠视着我
是否　时光　你在　嘲笑着我

　　　　　时光　对怂　荒凉的天
　　　　　谁来　与灵魂　作伴
　　　　　渡　今生　孤泠后的　神
　　　　　人海中　能有几回
　　　　　爱恋　淹没我们的灵魂
　　　　　你离别了　他结合了
　　　　　反反复复　离别的惆怅　结合的喜悦
　　　　　你都　曾经尝过

我多情　我矫情　我深情地　对视
今生　最好　不相知
如是　如此　便可　不相思
聊聊　相思的　苦
了了　心里一丝的愁

　　　　　　思来想去　北风　还在继续地吹
　　　　　　吹不散　这执著的　相思
　　　　　　执念　执著
　　　　　　只好　采一地桑麻　种一地思念

清晨前的　霜　何时融化
心头的念　悠悠地泛滥
数着　日子
翻开　新的一页
一个人　静静地　来
一个人　静静地　走
何去何从　守在今天
一丝相思　一点愁的　滋味

谁懂这个惆怅客

轻轻地　你离开了我　越走越远
一瓣一瓣　孤独的影子　落入尘土
把我的思恋　撕得粉碎
砸在　那花丛间　偶遇的人　在偷窃这一幕
蜷缩的　影子　无从　归宿
谁到是　飘零　可怜的人
静静地绽放　摇曳生姿　风雨中
谁懂得　那妖娆妩媚的　身段

　　　　　　　谁懂得　晚风潇潇
　　　　　　秋风潇潇　几丝柔情　盈盈
　　　　　　谁懂得　九曲千肠　遮掩了　我的笑颜
　　　　　　我是人间　惆怅客　愁也没用　笑也
　　　　　　　没用
　　　　　　想想　我　是否没用
　　　　　　有时候　自卑　战胜了能量
　　　　　　今天　自卑　把我淹没了

夏已过　秋来临　你的爱　你的情　也无声

一颗芳心　醉入人间

我是　这人间的　惆怅客

惆怅客　惆怅客　诗人是一个　惆怅客

　　　　　　种花　饮酒　弄诗篇　狂想乱字　舞
　　　　　　翩翩

　　　　　　和颜　悦色　和着韵律

　　　　　　千丝万缕　千篇诗句　诗人　写着四季

我把爱　给了你　你把爱　给了谁

谁人知晓　苦与乐

那首歌　那么地　动人

唱着　爱情的歌　走遍时光的　隧道

　　　　　　眼底风骚　遮不住　万缕相思　万缕愁

　　　　　　多么想　多么希望

　　　　　　依偎在　夏天　温暖的怀抱里　看世间

　　　　　　薄妆轻衣　我亦风流

　　　　　　羞涩　羞涩　不抬头

　　　　　　谁懂　谁懂　我是这人间　惆怅客

做一个优雅的诗歌囚徒

做一个　诗囚
把自己囚锁在　幽香绽放的　诗词歌赋里
囚禁在　绽放优美诗词的　海洋里
淹没了　诗人　今生所有的
可以和你　相遇的机会

　　　　　　一个人　在笔墨纸砚的　空气里
　　　　　　渲泄着　那一抹　微笑后的从容
　　　　　　和这骨子里　飘逸着的
　　　　　　淡淡的　雅

这一生　只能做一个　诗囚
取悦　读诗人的　欣赏和满意
我　战战兢兢地　把自己关在
这个　取悦诗词的　牢笼里

　　　　　　耐三冬的　凛冽寒霜
　　　　　　耐到春阳　征服了枯寂

　　　　　守着冷陌　静等　春暖花开

然后　在这里　磨炼自己的耐性　和韧性
然后　让春天的阳光
给自己　打开桎梏的　枷锁
给自己　绽放花的　海洋里　增添　一抹色彩

　　　　我所有的努力　想和暖阳　靠近
　　　　所有的词句　留在春天里
　　　　给你留下的　只有　你想阅读的　诗句

我放纵的诗词　和这　难耐的日子
敲打着岁月　梦意阑珊
我任性地　一步一步地　坚持着　坚持着
写着　不堪回首的　恋魂的　诗句

　　　　放纵的思维　写着　天马行空的词
　　　　踏遍　神曲　惠特曼　罗曼·罗兰
　　　　还是　徐志摩……　还是……
　　　　还是　唐诗　宋词　元曲
　　　　这　不同的　精神世界

韵断　残留　我的激情　似饥饿的豹
一次性　把战场　扫得片甲不留

饱尝了人间　不一样的烟火

仰望　天高云远啊

在　亘古的空灵中

我独自　行走在

不同　感受的　春夏秋冬里

留下　今生难忘的　足迹

今生　今生

只能　做一个优雅的　诗囚

沉默的花

这一朵　独特的　花
独特的颜色　压倒一切花的　娇艳
嫣红　姹紫　惊艳了白鹭

　　　　　我尽情地放眼　欣赏
　　　　　仿佛　中了你芳香的　毒
　　　　　仿佛　中了精美绝伦的　毒
　　　　　吐着　芬芳馥郁的　香啊
　　　　　我用　什么辞藻　把你比喻

说你　绝美无比吗
而且　姿态又是那么的　妖娆

　　　　　站在不远处　奢望地　欣赏你
　　　　　如此的　高雅　冷艳
　　　　　高傲的体态　宛立在　水中央

迎着　阳光的灿烂　灿烂着　自己的花瓣

微微　摇曳在　阳光里
和春风　相依偎
不言不语　沉默的　花

　　　　　　我喜欢你　这独特的　美
　　　　　　以至于　情不自禁地
　　　　　　低下头　亲吻　这花瓣

滴滴露珠　滋润了　我的唇
我仿佛像　吸吻了　罂粟的花蕾一样
中了　它的毒

　　　　　　这毒　根深蒂固　和我纠缠不清
　　　　　　这毒　在我的唇边
　　　　　　注定下了　永恒
　　　　　　一尘不染地　留下　美丽的痕迹

等待　那一天　我被这毒融化
我纵身　跳进你的　世界里
像你一样　变成
惊艳四季　独特　惊奇的花

璀璨的花

我自由地　听着　心跳动的声音
不远处　就在不远处
那花　那草　那一片天空
把我叫醒　叫醒了　我沉睡多年的　时光

　　　　　我把这时光　托付给了　命运
　　　　　喘息之间
　　　　　一个人在　海角　一个人在　天涯
　　　　　任凭时光　蹉跎我的年轮
　　　　　我就可以　自由地翱翔

我这　经历过生死的灵魂啊
一次又一次
在海岸　骤然升起的风浪中
狂风暴雨里　洗礼过的灵魂啊
一尘不染　洗去了　一生的恐惧

　　　　　我听见　狂风的呼唤

　　　　我听见　暴雨的呼唤
　　　　我甚至　听到天外
　　　　菩萨呼唤的　声音

我知道　我需要鼓足勇气
捍卫　这渺小的　灵魂
不被你　吞灭

　　　　我就是　那被狂风　摧残过的花
　　　　就在璀璨夺目中　挣扎
　　　　你再狂虐　也无法把我
　　　　摧残　凋落
　　　　我就是　这颗璀璨妖艳的花

生命的赞歌

不远　不近　那些美丽的　曾经
用坚实的脚步　丈量
活着　真实的感觉

　　　　　　灵魂和肉体　那是
　　　　　　密不可分的　一个　完美的精魂
　　　　　　只有　这样的完美　才可以
　　　　　　诠释　灵魂的美

每天　行走在　朝圣的　日子
你的　坚强　你的命运
掌握在　朝圣般　温暖人的手里
浅浅地　把生活的滋味品尝
我们是为　幸福而生
坚信　幸福　把飞驰瞬间的幸福　捉住

　　　　　　我们用　颤抖的心
　　　　　　流淌数不清　泪的眼

　　　　带着激情　也　带着疯狂
　　　　络绎不绝地　赞颂　写一首
　　　　生命的　赞歌

天空　大地　树林　飞鸟　走兽
汹涌澎湃的　大海
陪伴着灵魂　感受　世间万物
灵感　源自内心　充满了阳光
温馨了诗人　朝圣的心境

　　　　赞美　我们　生命的价值吧
　　　　它是　这样脆弱中　带着刚强
　　　　忘记吧　岁月里　那些艰苦的足迹

诗人　充满了赞美的　激情
像潮水一样　汩汩　翻滚着生命的力量
诗人　这一身傲骨　铮铮锤炼
万千思绪　把精魂　穿透
沾染一身　历史　不朽的诗篇

　　　　诗人的灵魂　如此的　傲骨铮铮啊
　　　　用　一生的时间
　　　　写着　生命的赞歌

诗人问

你生命的　赞歌　是什么

漂流　沧桑的人生

荒原　野岭　河水　平静中　涌流激荡
我在你的　河畔　支起炉火
只为　饱食一顿　美味
和那　心中　欲望之火

　　　　这火焰　织出的　颜色
　　　　就是这样　红红火火　恍恍惚惚中
　　　　照亮了　天际

一份　自豪　一份　荣耀
欲望　编织后　把欲望　焚烧
得到了　精神上的　褒贬

　　　　时光　感染了　精神细胞
　　　　不得不　在它的诱惑里
　　　　随波　漂流

历尽千辛万苦　沧桑的人生

有几番　折腾
一种境界　一种永恒
沧桑的　人生
在时间的圣殿里　分分秒秒　被秒杀了

　　　　怎能　用你的　力量　去抵抗
　　　　命运　和时间的　考验

茫茫之旅　人生之旅
宁穆的时光　眨着眼睛
射出　难以置信的光

　　　　记得　你得接受　那束光
　　　　曾经　沧海难为水
　　　　那水　直入　天际
　　　　流不尽　桑田
　　　　自豪吧　骄傲吧
　　　　凌驾乾坤的　能量
　　　　在路上　历练了几番风雨
　　　　藐视吧　歌唱吧
　　　　远际的天　用你的眼
　　　　穿越　看到天和地的　距离
　　　　诗人问：
　　　　用你的眼　可以看多远

可以看到太阳　太阳距离你多远
用你的眼　可以看到月亮　月亮距离
你多远

人海里再次相遇

波涛汹涌　一泻千里的　浪
打翻了　调色盘
把意境　染成了
五颜六色

　　　　我在这　色彩里　寻觅
　　　　慰藉　一时的　豪放和从容大度的姿态

在苍茫无际的　人海里
寻觅　是否会和你
再次　相遇

　　　　裸露的　庄严　肃穆的觉悟
　　　　心中　一把利剑　高悬夜空
　　　　借着　星星　闪烁的光芒
　　　　把人海　滑出　翻天覆地的
　　　　澎湃　与　激情

在这　人海汹涌的　潮流里
潇潇洒洒地　把人生感悟
整理　再　整理

　　　　　　斩断　一缕情丝的　缠绕
　　　　　　时间会慢慢冲淡　以往
　　　　　　那抹不灭的　　感情纠缠

我睁开　迷茫的双眼　继续
在人海里　寻觅

雪落下的声音

飞舞的　雪花
像　撕碎的　玫瑰
那是　洁白的玫瑰
诉说着它　浩淼之声
随风　飘舞着的　灵动

　　　　我　伸出　冰冷的双手
　　　　是　无法停止的笔　夺走了我双手的
　　　　　　温度
　　　　迎合着雪　飘舞的　姿势

雪　在我的手里　热身　挣扎　翻滚
变成　一滴　热情四溢的　水
这生动热情的水啊　流淌进　我的血液里
不停地　翻腾着　跳跃着　像激流　冲破了　防线
开始　在我的心脏里　跳舞
铭刻下　一串串　晶莹剔透的　雪舞的旋律
留下　无怨无悔的　痕迹

　　　　听　雪落下的　声音
　　　　听　雪飞舞的　声音
　　　　迎合它的姿态　它的美
　　　　就像我　喝醉酒的姿态　固执地摇摆

那里是　极寒极寒的　地方
冰冻了　三千尺
只有酒　会有的　温度
才可以　让雪融化在　心脏的地方
我的笔墨　也一起　冻成了冰峰
此时　我只可　遥望的姿势
遥望着　遥望着………
听　雪落下的　声音

和雪一起融化

寒冬腊月　飘雪的季节
天地之间　被染成了　神话般
独一无二的　色彩
一种纯洁　耀眼的白

　　　　　雪花　漫无目地飘舞　雕琢　勾画了
　　　　　诗人的世界
　　　　　纯洁的灵魂　透着光

雪　穿透了大地　投入远方　佳人的怀抱里
你的姿态　你的样子
在燃烧的火焰里　温暖了　冬色

　　　　　白雪皑皑　银装素裹　也是分外妖娆
　　　　　窗户上的　冰花　雕刻不出　你的模样
　　　　　那是　灵魂深处　梦想的花朵

东边的雪　吹乱了　西边的霞

炊烟袅袅　升起的　时候
我已经　孤独地　流浪在　冬季寒冷的路上

　　　　数数　数数啊　多少个岁月
　　　　岁月峥嵘的时光啊　会有多长　会有多久
　　　　我一手　坚强地　握紧拳头
　　　　我一手　柔弱地　在寒冬里　煎熬
　　　　不争朝夕　朝夕思量

寒冷的冬季　那些无法　用语言倾诉的　岁月
我们和雪　一起融化在　路上
我们慢慢地　静静地　和雪一起　融化在
江南　烟雨迷离的　日子里

　　　　一个人　裸奔　肆无忌惮　慌了神
　　　　只想　只想　今生留下　一段美好的记忆
　　　　和你　和他　一起融化在　冬天飘雪的季
　　　　　节里
　　　　留下温暖的时光
　　　　我们争分夺秒　在峥嵘岁月的时间里
　　　　慢慢地　慢慢地
　　　　和雪　一起　融化

邮寄一个思念给你

从这个驿站　驶向　另一个驿站
风景　总是匆匆　掠过
我疑惑　是时光　变了速
还是　被开出的列车　顺便带走了
还是　一瞬间　宇宙清空了　时间

　　　　转瞬　到了　下一个驿站
　　　　我却错过了　一个又一个　驿站下的景
　　　　让人感觉　欢喜　也有忧愁
　　　　邮寄一份思念给你

我是　一个人　迎着风雨
在路上　写的
我也　背诵好了　另外的台词
万一　在哪个驿站　我遇到您
我可以　把这台戏　演好

　　　　邮寄一个相思给你

　　　　这是　我在今天的　驿站写的
　　　　我翻来覆去　斟酌
　　　　原来　写得　如此　乏味枯燥
　　　　生动的词句　感动的词句
　　　　一个　也没用上
　　　　我的　思念褪了色

列车　开出了　这个驿站
我站在　那里　被雨淋透了　思念
思绪也被　淋得　粉身碎骨
我悲催的泪　和着　雨
在　冬天里　跳舞
啪嗒　啪嗒　啪嗒
静静地　听着
泪　在清洗　一路上的委屈
列车　一路　向西
我　在这个驿站　还是想
邮寄一份思念　给你

夜里偷了带香的玫瑰

夜　总是悄悄地　打开维密的　夜幕
月亮　也总是静静地　睁开朦胧的眼睛　俯视
你的　夜色下的　消遣

　　　　　　伏案　敲打着　一字一字的　灵魂
　　　　　　纯粹的　在夜里　翻来覆去　和这有
　　　　　　　灵魂的字　战争
　　　　　　把夜折腾　和字搏斗了　几千回
　　　　　　无需　披上盔甲
　　　　　　战争　总是在　一年四季的夜里　上演

我　悄悄地　在夜里偷了带香玫瑰
把　玫瑰的香　吸入心扉
让我的　心扉和夜色　也如此的　香

　　　　　　这夜色　有带香的玫瑰　还有我　还
　　　　　　　有这战斗过的　字
　　　　　　像　流星雨一样　滑过我的　心头

　　　　　却　驻扎在　月亮的宫殿里
　　　　　驻扎在　有玫瑰香的　心头
　　　　　你不信吗　去寻觅一下　又何妨

我的心扉就这样　灿烂着　无邪地灿烂着
时而　傻傻地　盯着月亮　有礼貌地说声
不好意思　我是否　打扰你了

　　　　　不好意思　我有否　冒犯你了
　　　　　你这样　执著地　夜夜守护着我

我就是　站在深秋的夜里　偷了带香玫瑰的　女人
穿着晚礼服　穿着水晶鞋
洒着　尼罗河的　香水
用喜马拉雅山的雪　融化成　白纸黑字
彰显着　喜悦　悲伤　落魄　窘困
同时　带着雪融化时的　忧伤和幽香
此时　有否把你的心　刺痛

　　　　　我用手　捧起　偷来的带香的玫瑰
　　　　　插在　月下　你的心上
　　　　　把灵魂　熏香
　　　　　在斑驳　光影交错的　夜里
　　　　　我　不慌不忙地……

240　｜　和雪一起融化

天窗

打开窗　太阳　依旧
双手　伸出窗外
接受　温暖轻柔的　光

　　　　　放在　心底　放在　眼里
　　　　　和青春的美好　一并　放在心里

只有年轮　在　窗里窗外
慢慢地　流逝
我省略了　多少个　字
赞美你
我又集聚了　多少个字
呵护你

　　　　　有一些词句　让我　头昏脑涨睡不着
　　　　　想着你　思念着你
　　　　　然后　我打开　天窗
　　　　　看得到　月夜里　只有你

　　　　　在对我　微笑

此时　我可以说些　什么呢
回应你的　也只有　微笑

　　　　我不得不把天窗　轻松地关闭
　　　　彰显我　潇洒的转身
　　　　那时　你看不出来　我眼里
　　　　尽是温柔　和忧伤的泪

奔溃的时候　需要　关上窗
那是心灵的　天窗
双手的　温暖　按进心窝里
血液　才会随着　温暖
慢慢地　流遍　全身
五十岁了　知天命
可以　潇洒地　打开天窗
也可以　潇洒地　关闭天窗
天边的　窗　还是　心灵的窗
随意　随意

雪融化了我的思念

跳着　华尔兹姿态的　雪花
伴着　清风的　曲调
从天边　跳到我的眼里　我的世界里
虽然　狭小的　视野
却看到　宇宙外的空间里
那些美丽的　精灵　伴着跳舞的雪花
一滴抱着一滴　一滴粘着一滴　飘舞着
融化也就是　毁灭　毁灭成就了　森林
可是你　不知道你的　到来
是迎接　一片森林的　昌盛

　　　　　远方的　树啊　远方的山谷
　　　　　近处的　我啊　越走越白
　　　　　衣服是白的　头发是白的
　　　　　忧伤　也变成了　白色

这白啊　按住了我的呼吸
惆怅在沉默

我知道　雪　会融化我的忧伤
也会融化我的思念
我还得继续在荒凉的心上
种上　希望的种子　重新在心上　开荒

　　　　　　雪融化了　我的思念
　　　　　　时而　　把山谷　染白
　　　　　　时而　　把河川　染白
　　　　　　于是　我的嘴角　就会　微微翘起
　　　　　　问候你……

荒芜的心田　忽明忽暗
像夜晚的星星
也许　只有星星懂得
我是怎样被雪融化了

　　　　　　一路走着　头发也　漂染得如雪
　　　　　　雪　如此柔情　只要你的呼吸响起
　　　　　　就会　融化我的躯体
　　　　　　时光　也会把我融化
　　　　　　同时　让我接受　更好的运气
　　　　　　也让我守望
　　　　　　一场轰轰烈烈　纷纷扬扬的雪
　　　　　　只是　让我

在冬季的日子里　再来一回　灿烂
然后　就消失得　无影无踪
我　去哪了

爱情的样子

轻轻柔柔的风
温暖和煦的　阳光
我们　找不回　曾经
曾经的青春　曾经的年少轻狂
曾经　欲望　萌萌
曾经　意气　满志
曾经的友人　现在的　友人

　　　　　当岁月　无情地　流逝
　　　　　我在　自嘲中　反省
　　　　　昔日的　好友　昔日的真情
　　　　　在你的日记里　在我的日记里
　　　　　清晰地　把友情　真情　爱情
　　　　　写满　每一天
　　　　　书简上　留下　一层厚厚的
　　　　　回忆

我的　笔尖上　诉说着　曾经

诉说着　善良的　情谊
我知道　我清晰地　知道
这　书简上　留下　每一个
不朽　不朽的　痕迹

　　　　　置于我　高贵的　灵魂之上
　　　　　因为　我在写着　人生中相遇的　你
　　　　　忠诚的　诺言
　　　　　对天　发誓过的　情人啊
　　　　　忠实你　婚礼殿堂上的　诺言吧
　　　　　以至于　人生路上　不会有
　　　　　太多的人　受伤
　　　　　多么　希望你　明白
　　　　　心里的　痛　和　灵魂上的　痛
　　　　　一样　让人　煎熬

朴素简单的　情感
在　被伤痛　包围之前
一切　风平浪静

等　那一刻　迎着暴风雨　来临的　时候
迎接　下一个　挑战
爱情的样子　是这样的吗

和雪一起融化 | 247

诗人问
你许下过　诺言吗
你有走上了　婚礼殿堂了吗

爱是沉默的

一贫如洗　寒窗苦读
染就　一身的　风华
沧桑的岁月　没留下一点痕迹
却把自己　揉碎

　　　　　　慢慢地　把这揉碎的　灵魂
　　　　　　捏成　成熟的　人偶
　　　　　　蜕变　脱胎　换骨
　　　　　　像雄鹰一样　忍受剧痛　也要
　　　　　　蜕变　雕刻着　自己

展翅翱翔　在广阔的　天际
难道　展翅高飞的　雄鹰
没有寂寞　或者　惆怅吗
难道　它不怕　折断翅膀　坠入　万丈深渊吗

　　　　　　因为　因为　它知道
　　　　　　粉身碎骨的　这一飞翔

　　　　　是它的　宿命
　　　　　它知道　只有　爱自己的　坚韧
　　　　　才能够　展翅　飞翔

爱是沉默的
爱自己　坚强的模样吧
爱自己　优秀的模样吧
爱自己　沉默的模样吧
爱自己　拼搏的模样吧
爱是　沉默的
只有　我的诗词
才能　把爱　说得　淋漓尽致
只有　我的诗词
才可以　让爱　开口

　　　　　在沉默中　沉默着
　　　　　单纯的心灵　沉默着
　　　　　用这　完美的姿态　沉默着

在沉默中　璀璨
在暗潮　汹涌中　澎湃
在烟雨　蒙蒙中　回眸一笑
爱是　沉默的

诗人问
这半生　有几人　爱过你
刻骨铭心的爱　有吗

潮涨潮落的心

回头　看看　昨天　已经过去了
细细　想想　明天　又该　如何走
品品　今天　今天的心
在阳光　照耀下　闪闪发光
我把　今天的　爱和情
奉献给　浩瀚无垠的　旷野里
让这爱　自由　汩汩　喷涌

　　　　亲爱的人啊
　　　你在　哪里　怎样会　与我相遇
　　　对了　你怎能　知晓我　这人呢
　　　在你　想象中的　我
　　　绝对和现实的我　不一样

除了　你知道我的　外表
知道我的　服饰
知道我的　妆容
知道我爱　喝酒

知道我　拥有　雍容华贵的　风度
知道我　拥有　温柔宽容的　态度
知道我　拥有　委婉善意的　容颜
其实　你看不见　我灵魂　深处
那些　更加美妙的　风流倜傥的　素雅

　　　　　我在你　唇边　留下一滴　轻轻的吻
　　　　　留下我　半生的　印记
　　　　　烈焰红唇　的印记啊
　　　　　鼓动我的　心　潮涨潮落
　　　　　我的情　我的爱
　　　　　在这　瞬间　酝酿了
　　　　　一生的　永恒

纯洁的灵魂

你问我　他问我　问我　很多问题
是否　是时候　需要回答了

　　　　　　坐在　灵魂　安放好的　位置上
　　　　　　把夜空的　星星　揽入　我
　　　　　　温馨的　怀里
　　　　　　和　月亮　说一点　心里话
　　　　　　把　心底里　那些　压力
　　　　　　和　那些　苦痛
　　　　　　倾吐得　一干而尽

然后　把脚步　放轻　把心情　放晴
带着　纯洁的　灵魂
畅快地　把人生　消磨殆尽

　　　　　　独自　徘徊在　人间天堂
　　　　　　还是　地狱的　边缘上
　　　　　　忘记了　来时的　路上

　　　　遇到了　什么
　　　　所以　也不会有　特别的　遗憾

鲜花　终究　会有一天　凋谢的
我们　也会　凋谢的
只有现在　充实　自己
把灵魂　冲洗得　更加　纯洁
你才不会　活得　矛盾

　　　　我也　有时候　桀骜不驯
　　　　我也　有时候　温柔娇媚
　　　　这是　我生存　保护自己　最佳的方式

坐在　这里　我等着你　来爱我
不只　爱我的　肉体
你需要　爱我　纯洁的　灵魂

　　　　诗人问
　　　　爱你的人　在哪里呢
　　　　我说　来世啊　在来生的路上
　　　　他　正朝着我　奔跑过来

荒野里芳香迷醉了我

屋里　屋外　荒野里　到处　弥漫着花香
笔尖上　书房里　电脑里
打碎了　香水瓶
渗透到　每一天的　记忆里

　　　　　　以至于　我的肌肤　我的脑海
　　　　　　我的心　甚至　我的　灵魂
　　　　　　也沾染了　这香
　　　　　　我把这　香气　呼吸到　我的肺里
　　　　　　再呼出来　奉献给
　　　　　　无边无际的　长空　和　荒野

我呼出的　精华啊
陶醉了　我自己　亦或　陶醉了你
于是　你想想　我们在同一个
空气里　亲密地　接吻了
可是　你　却不知道
我却　手舞足蹈地　欢舞着

这一生啊　我如此　浪漫的情怀
却　没人知晓
是我至今　遗憾的　心事

　　　　　大地　空气　万物　和我的　朋友们
　　　　　我们　有多少次　香吻　多少次　拥抱
　　　　　多少次　把性别　忘记
　　　　　珍惜　彼此

山野的花　害羞地　观望着
路边的　草　偷偷地　笑着
说　你们啊　伪装了　多少年
何时可以　坦诚　裸露　你们的　胸怀呢

　　　　　人生啊　也许就是　一场伪装的　游
　　　　　　戏
　　　　　你　把　高贵的头　仰望
　　　　　你　把　平淡的心　平庸
　　　　　怎能　看清　时间的虚假
　　　　　你　怎能看清　脸上　越来越多的
　　　　　　皱纹

无论　时间怎样　欺骗我的　肉体

我知道　我所有的　器官　在慢慢地　衰老
内部的　代谢　细胞　已经　无法再活跃

　　　　　　细胞　在　时间的路上　慢慢地死亡
　　　　　　我愉悦地　接受　这一切的　到来
　　　　　　你也一样　接受吧
　　　　　　因为这样　才能代表　我们经历了
　　　　　　　活的感受

人世间　哪有　十全十美呢
今天的　你　今天的　我
各自　品着　时间富裕的　芳香吧

　　　　　　有学问的人　有知识的人　和
　　　　　　无学问　无知识的　人　一个样
　　　　　　一起　朝着　一个方向　努力前行着

只是　今天　我们的　灵魂里
那些　欲望　那些　渴望
那些　良善
都有了　结局
亦好亦坏
多情的　人生
像　脱缰的野马　一样健壮

你我的　多情

你的　傲慢

你我的　痴狂

你的　骄横

何尝不是　带给你　自己的　烦恼

　　　　　远望　时间的荒野里　那些　芳香的花草

　　　　　它们有什么　欲望吗

缄默的脚步

脚步　在时间　和光阴里　穿梭
每一步　是如此的　艰苦
岁月　就这样　在艰苦的　步伐中
在我的脚下　丈量着

　　　　　　踩在　玫瑰花瓣　落下的　地面
　　　　　　我的　脚下　踩着　一路的　芳香
　　　　　　每走一步　就会踏出　芳香四射的
　　　　　　步伐

我是在这路上　把路
踩得　平了又平
时光　把我的灵魂　磨得
圆了又圆
星星　给我　指路
我在　夜路的　尽头
寻找　避风港湾

　　　　坚强的　生命啊
　　　　以至于　在无法呼吸的　瞬间
　　　　扭转了　命运
　　　　因祸得福　也许是　菩萨
　　　　赐予的　佳赏

我在　崇山峻岭里　攀爬着
努力　努力　再努力着
我在　泥泞　坎坷　曲折的　人生路上
一次　一次　又一次
历练着　我的　耐力
我深深地　感受着
在这　缄默　沉静的　苦痛中
追寻　我　生命的　脚步

　　　　诗人问
　　　　生命中　真正的价值　是什么
　　　　一天　三餐
　　　　一个　遮风挡雨的　港湾
　　　　一张床
　　　　其实　人死了的　时候
　　　　什么都没有了

起舞的灵魂

灵魂　在　荒野里　相互辉映
灵魂和灵魂　交织着
相映　聚合
讴歌　这灵魂之美
灵魂在　美和高贵之间
翩翩起舞
使之　至善　至美

　　　　　我们用　持续的　劳苦
　　　　　装扮　灵魂的美
　　　　　我们用　坚强不屈的　性感
　　　　　装扮　灵魂之美
　　　　　在　点滴之间　谦恭　卑顺
　　　　　剔除　狭隘　妒忌之心
　　　　　让我们　美丽的　灵魂
　　　　　更加　美丽　纯净
　　　　　让这　纯美的　灵魂
　　　　　变成　永恒

独自　享受　菩萨　赐予的
幸福　烛火吧
我们把　美丽的　灵魂　遗赠给后人
这也是　我们　来到　人间
做到　至善至美　最好的　杰作

   诗人问
   你今生　留给世人　最美好的作品
    是什么

人生就是天堂

我的梦想　如此的　渺小
渺小得　我　无法　说出口
那是　不值得　说的　梦想

　　　　　我有一个　梦想
　　　　　为了　梦想　我拼着命　努力着
　　　　　向前　飞奔
　　　　　这梦想　这　欲望之火
　　　　　燃烧　争宠了　半个　世纪
　　　　　是否　还需要　继续

我用　笔尖上的　风华
赞美　生活　赞美　人生
赞美　一路　艰苦　坎坷的　人生
活着　就是　幸福
人生　就是　天堂

　　　　　脚步　一步一步　迈向　人生的　终点

　　　　欲望　和　希望　一直
　　　　缠绕着　交织在　我的　心里
　　　　我的　神经　时刻　缠绕在
　　　　离弦的　箭上
　　　　时刻　准备　射发

人生啊　何尝不是
酸甜苦辣　喜怒哀乐的　交响曲
一曲　一曲
唱着　不同风格的　曲调

　　　　无论　人生的路　多么的　艰苦
　　　　我们　还是　把心　放静　放下静心
　　　　抚爱着　珍惜着　我的人生　留下的
　　　　　　时间

人生啊　就是　天堂啊
活着　才有梦想　才会有欲望

　　　　我在这　欢快的　天堂里
　　　　奉献着　我的　生命
　　　　留下　一笔一笔
　　　　你　熟悉的　记忆
我　把赋予我的　生命

努力地　创造得　更加美好
温馨浪漫的　情怀
时刻　不离不弃我　平静的心

    我们　朝着　一个方向　走下去
    抑或是　一起　走向　人生的终点
    由于　我们　在人间天堂里
    做得　如此的　善良　善心
    都将会　获得
    人间　天堂　幸福的　佳赏

诗人问
善良人的天堂　佳赏什么

森林中寻觅

躲在　茂密森林的　背后
穿着　厚厚的　伪装
把自己　妖娆的姿势　隐藏
隐藏在　无人踏过的　森林里

　　　　　这片　茂密的　森林啊
　　　　　紧握着　我的　手
　　　　　我追随着　它们　把心情　整理

舒畅　欢快的旋律　在　森林的某个地方　响起
我　加快脚步　寻觅　寻找
音乐　奏起的地方

　　　　　我　寻觅着　寻找着
　　　　　找不到　那音乐　奏起的　方向

奔跑在　这繁茂的　森林啊
我迷失了　自己

无奈啊　无奈
我只好把自己　奉献给这片　浓密的　森林

　　　　　　树叶　做成　美丽的衣裳
　　　　　　裹着我的　躯体
　　　　　　用树枝　做成发簪　把头发　盘起
　　　　　　用树皮　苔藓　做一张温暖的　床
　　　　　　在这　散发出　清新泥土　芬芳的森
　　　　　　　林里
　　　　　　我和　这　山花　小草
　　　　　　成了　亲密的　伴侣

它们　日夜　陪伴着　这个孤独的我
我一个人啊
跌跌撞撞的　在这片森林里
寻觅　寻觅

　　　　　　诗人问
　　　　　　这片森林在哪里　人都去哪里了　谁
　　　　　　　会　发现一个森林里活着的你

时光之域

万物　赋予了　狂乱的　遐想空间
赋予了我　丰富多彩的　思想
在迷茫　在惆怅　在徘徊　之间
宽阔的视野　越来越　超越时空

   每一个　领域
   喜悦的　悲伤的　痛苦的　幸福的
   平淡的　这所有的　领域里
   我们　翻来　覆去地　折腾着

我坚信　有轮回
我把这　复杂的　世间轮回
紧紧地　拥入胸怀
注入了　新鲜的　血液
胸怀坦荡地　接受
无形的力量　坚决的意志
颠覆一切　被嘲笑的　嘴脸

　　　　日复一日　流血的心　在迷茫　在惆
　　　怅中　忍辱
　　只有　骨子里的　精髓啊
　　才值得　赞美　才是无价

跟随　我的脚步　一步一步
欢快地　踏着　韵律　节拍
走在　只有坚强的　路上
步伐有些　沉重
负担　在心底　作乱
人生啊　这条路
是否　做一次　短暂的　休息
让我　安静地　享受
我的　时光之域

　　　　诗人问
　　　时光都去哪儿了

姿态妖娆的女人

这是　一个　有趣的人
从头到脚　散发出　耀眼的　光
不一样的　女人的　高贵冷艳
这样气质的　光
我被她　完美的　姿态
妖娆的　姿势
吸引着

　　　　　她的优雅　牵引着我　吸引着我
　　　　　从一个　糊涂的　躯体里
　　　　　跳出来
　　　　　我默默地　害羞地　走到　她身边
　　　　　欣赏　她　这独一无二的　美

我的心　开始像　瀑布一样
倾斜　拍打着　激流涌进
我在　低潮的　心态下
被你的高潮　刺激得　乱了神经

我不知道　前进的　方向
该怎样　把自己的　情绪　转化
默默地　在你　高潮的　影响下
全身心的　充沛的　激情
追求　和自己　挑战的　灵魂

诗人问
你追求完美有　多完美

献给我的兄弟姐妹

闲步　人生路上
有我　有你　有我　可爱的　朋友
既有　绅士　亦有淑女
你们是我的　兄弟姐妹
赞赏　有你们　在我灵感来源的　感知里

　　　　　你们　是如此的　强大
　　　　　你们　影响了　我的一生
　　　　　你们是我生命中　不可缺少的　元素
　　　　　我接受的你们　有着　同样成熟的
　　　　　　感性
　　　　　于是　我也变得　成熟了　很多
　　　　　在成熟的　时间里
　　　　　我们的红尘　看得　清清楚楚

我们闲步　步履有时候　蹒跚
前行的路上　我们每一步　都是　艰苦跋涉
我邀请　我的灵魂　和你的灵魂　一起

摆渡　乘风破浪
把风　把雨　当作　知己
因为　我们　无法　摆脱
命运的　召唤

　　　　无论　世道　怎样　变化
　　　　我都会　用心　欣赏你　我的朋友
　　　　我都会　用心　赞美你　我的朋友
　　　　我的　兄弟　姐妹

我们　是　密不可分的关系
你是我　笔尖上　风华绝色的　佳人
一笔　一笔　那是我勾勒的　销魂的　赞美诗
也是我一生　抹不去的　动力
你是我的　兄弟姐妹

　　　　诗人啊
　　　　赞赏　赞美　呼吸之间　转瞬即逝的美
　　　　我的　感觉　深深陷入　风的　漩涡里
　　　　挣扎着　拼命地　挣扎着
　　　　伸出　双臂　想拥抱着　什么

可是　周边　一无所有
只有我　平静的　呼吸声

世界　如此的　静啊
只能　听到　天空对大地
亲吻的　声音

　　　　　诗人问
　　　　　天空　吻着大地
　　　　　吻了　多久

追寻生命的脚步

太阳　徐徐升起
窗外　叽叽喳喳的　喜鹊
已经　停止　早晨的　歌鸣
色彩斑斓的　花草
何时　开始了　凋零

　　　　　　我在这　狭小的　世界里
　　　　　　悠然地　把生命　赞美
　　　　　　因为　我知道只要我能够　吃饱　穿暖
　　　　　　我的笔尖　就不会　停止
　　　　　　朋友说　这年代　没有几个人读诗了
　　　　　　可是　我还是　坚持着
　　　　　　追寻　我生命注定的　脚步
　　　　　　一笔一笔　把生命写成　美丽斑驳的
　　　　　　　　画卷

从小　我认知的　世界啊
只有那些　父亲桌边的　书籍

它带领我　统治了　我的思维
我的灵魂　在这里　张望

　　　　　我在我的　领空里　飞扬跋扈
　　　　　我在我的　思维里　胡乱奔跑
　　　　　我在我的　人生观里　乱了方寸

那些绝句　在我耳边　萦绕
好像我不是　地球上的　人
好像我不食　人间烟火
岂知　我已经　入乡随俗
插上了一支　单飞的　羽翼
在笔墨丹青的　世界里
你　离不开我
在技术浩瀚的　海洋里
你　离不开我

　　　　　展开我　坚韧的　翅膀啊
　　　　　任凭　哪个　领空
　　　　　我自由地　驾驭　自由地　翱翔

诗人问
瞧不起你的人　你怎么看
我说　我的世界　只有大度的人

翻来覆去地耕耘

雪　潇潇洒洒地　随风　飘着　舞着
带着它自己的　曲调　自己的　旋律
潇潇洒洒　自由自在地　在它的世界里　飘荡

　　　　　　站在　皑皑白雪　留下的　痕迹中
　　　　　　那一群　一群　辛苦劳作的人啊
　　　　　　全身心　把希望　寄托

寄托于　未来　寄托于　希望
寄托于　自己的　命运
只是　谁会懂得　寄托的　终究是寄托
时间　会无情地　改变一切
寄托的　希望　也会在　希望中泯灭
寄托的　未来　未来有多长呢

　　　　　　人们总是　有太多的　寄托
　　　　　　寄托了　太多的　责任和抱负
　　　　　　人们　把希望　寄托给了　孩子

孩子　承受着　寄托的　包袱
就这样　一代　传给　一代

　　　　　　谁　懂得谁　那一份　执著的寄托和
　　　　　　付出
　　　　　　就像　种下一颗　土豆的种子
　　　　　　等待的是
　　　　　　一堆堆的土豆　只看　收获的果实

可是　我的　这片土地上
你随时来　都是　风调雨顺　不用看天气
我天天收获　硕果累累
那是　自信
那是　意志
那是　抉择
那是　因为
我每天在耕耘啊　翻天覆地地　耕耘

　　　　　　我就是这样　坚持着　自己的梦想
　　　　　　只要　每一天耕耘　一定会有收获
　　　　　　也许在　明天　也许在将来的　某一天

我也担心　如果　我不努力　不耕耘
时间　会把我积累的　精神财富　掠夺一空

掠夺我所有的　希望和梦想
那我　就像　一个　飘舞的　雪花
没有了　灵魂　失去了　希望
也许不需要　寄托什么
那　这样的人生　多无趣啊

    这片雪　停留在　我耕耘后　丰盛的沃土之上
    在这里　却没有留下　我的痕迹
    我知道　我就是　大海里的一粒沙
    在我小小的世界里　闪着　不为人知的光

我就　把自己　还原给　懂我的大自然吧
然后　我继续　执著地
在字里行间　打转　折腾
翻来覆去地　耕耘　辛苦地耕耘着
谁懂得……

没有岁月可回首

映着　倒影的　湖水
平静地　流向　它向往的　地方
流向　何处　何处是它　向往的地方呢

　　　　　白鹭　在它的　领地里　栖息
　　　　　人们　各自在忙着　各自的生活

我拾起　路边的　红叶
透过　阳光　看着　那些　年轮　留下的　纹络
和树木的　年轮一样吗
我们的　岁月　留下的　痕迹　在哪里
你　留下了　什么
我　留下了　什么
没有　岁月　可回首

　　　　　我们　都在　沉默
　　　　　把一个个希望　一个个欲望
　　　　　一个个伤悲　还有那么多的辛苦

一并　都交给了　岁月
　　　让岁月　寻找适合的　归宿吧

我用　指尖　划着　字符
记下　这一切　我们需要承受的　部分
我们需要忍受的　部分
我们需要忍耐的　部分
我们需要艰苦的　部分
这岁月　如同　忧伤一样
悠悠无奈的伤啊　可也是　明亮的伤

　　　这岁月　连接着　你和我
　　　除了忧伤　我一如既往　不顾一切地
　　　赞美着岁月　赞美着人生　赞美着你
　　　因为　我们在一个和谐　明亮的天地
　　　　里　活着
　　　因为　我们在这岁月里　熠熠生辉地
　　　　活着
　　　因为　我们怀着梦想和希望　活着
　　　我对　所有　留下的　一切
　　　都会　心生　爱慕与喜悦
　　　哪怕是悲痛　也会让我　低下头去欣
　　　　赏　去回顾　去思考
　　　用正确的思维去思考　活着　才有意义

我的　悲痛　也是　那么的明亮
优雅和劫持　押韵在一起的痛　痛也是快乐的
因为我知道　没有　岁月可回首

　　　　　　是啊　岁月在不停地奔跑
　　　　　　可回首的　岁月　已经老去
　　　　　　我们　不得不　一直
　　　　　　向着　阳光　奔跑着
　　　　　　不停地　奔跑在　希望的路上
　　　　　　我们对自己　要吝啬一些
　　　　　　没有一天　可以停下　把字搁浅

这字　就是我的　灵魂
这字　就是我的　生命
这字　就是我的　精神
这字　就是我每天对话的　高手猎人
它猎取了　我的岁月时光　我的年华
陪着我　到老　守护着我的梦想

　　　　　　相信　就在这里　岁月的沉淀里
　　　　　　有一个人　站在　清晨的露珠里
　　　　　　等你　等我　等谁………
　　　　　　没有岁月　可回首

和雪一起融化 | 283

说说心里话（代后记）

　　一字一字，深思熟虑；一字一字，敲打着灵魂，在充满了诗情画意的滚滚红尘里，我接受着生活对我的伤痕累累的鞭策，以及死亡的宣告、命运的挣扎，在天堂和人世间徘徊着，经历了命运种种神奇的安排。

　　在这样的经历中，磨炼了我坚强的意志，坚定着我持久的梦想。

　　一点一滴，积累着文学的艺术精华，我知道，在这大千世界里，有更好的、绝佳的诗人作家，在默默地创造着他们的文字艺术。我也一样，不间断地积累着自己的文笔色彩，在笔尖上留住自己的风华。

　　可以欣赏到我诗集的人，我非常荣幸，非常地感恩你们，无论在我的诗篇里，无论在哪一章，我相信一定会让你的心灵亦或灵魂，有一次共鸣、激烈的撞击。就像海浪拍打着岸边的礁石，一次次，一回回，无情地拍打着，激起浪花翻滚。其实，这就是人生，这就是滚滚红尘中我们的经历。

你一定听说过这样的话：这个世界很薄凉，哪有什么感同身受！我也曾想过，是啊，时间薄凉呀！可是，翻来覆去折腾的人生，这样是否会激励了你，更好地努力前行，更加执著地追求美的境界呢！

当然，在我们人群里，有一些人的人生是一帆风顺的，家庭背景卓越富有，或者是富二代。但是，我坚信，即使你的人生一帆风顺，也一定会有一些坎坷、一些痛苦，只有你经历过，你才会懂得。

为了好好地活着，为了能够生活好一点点，我们要经历多少苦难，多少酸甜苦辣和喜怒哀乐呢！这就是人生。人生不过是在修行中历练着自己的耐力、忍力和坚强的能力，同时也需要一个正的能量，支撑着我们好好地活着，并珍惜我们现在拥有的时光。

我的这本诗集里，记录了爱恨情仇、苦难别离，记载了拼搏努力工作的人，披星戴月闯荡江湖的人；也有工作失败挫折，爱情失败，人生低谷艰难跋涉，失去方向的人，等等。我用来自于我灵魂深处的一字一句，记下了生活中不为人知的酸甜苦辣痛。

在诗集出版之际，我要感谢中国管理研究院学术委员会智库专家郭金东先生，《寻龙决》等多部影片的制片人李飞先生，《北京爱情故事》《春潮》《温暖的抱抱》制片人李亚平女士，《叶问》电影发行人、亚太未来电影创始人董文洁女士，中央视电视台跨年元旦晚会主持人涂经纬女士，凤凰卫视投资集团总裁王宏波先生，西交利物浦大学校长席酉民先生，瑞士集团欧瑞康中国区总裁王军先生。

  同时，也感谢和我相遇的每一位朋友，是你们激励了我，赋予了我人生丰富的经验和经历，有伤痛，有悲喜，有情谊。有爱心的人们，请珍惜在一起度过的每一次相聚的时光，这是不能用语言诉说的真情厚意。

丞墨
2022 年 8 月